U0043074

百花仙子得罪了嫦娥，被迫貶落人間。

唐敖和林之洋、多九公在東口山見到許多珍禽、異草。

深目國的人，眼睛長在手上。毛民國的人，渾身是毛。

唐小山為了尋父，在海外被山寨頭目擄走。

中國古典名著少年版

⑨

原著李汝珍

鏡花緣

李潼改寫・洪義男插畫

導讀

《鏡花緣》是清朝李汝珍所寫的一本傳奇小說。

故事描寫唐朝武則天年代（西元六九〇—七〇五），一位苦讀多年的秀才唐敖，好不容易考中進士第三名的「探花」，卻因爲他曾和「異議份子」結黨結派，被武則天取消錄取資格。唐敖於是跟隨他妻舅的商船出海遊歷，一來是散心，增廣見聞，二來也想尋訪夢神指點的「貶落人間的名花」，而他在路經小蓬萊仙島時，一去不返，使得他的女兒唐小山兩度出海找尋，最後也脫離凡塵，入山修道去了。

這本傳奇小說的作者李汝珍，以他極爲豐富的想像力，創造許多「海外各國」和奇人異事、珍禽怪獸，全書共計一百回。這類富有驚奇和趣味的情節，在前四十回最爲精采，之後唐敖遁隱小蓬萊，唐小山尋父，也不乏可讀章節，但因爲路線相同，人物繁雜，所以改寫本的主要取材，著重在五十四回之前，以百花下凡、唐敖出海、「百花仙子」投胎轉世的唐小山考取「才女」；入小蓬萊回歸仙界爲一完整體系。

《鏡花緣》在故事的進行間，不難看出有以古諷今，以怪人異獸嘲諷一般常人的用意。更值得注意的是，書中所顯示的「女權意識」，描寫生動，而且深刻，書中的少女，不僅個個飽學詩書，許多位還身懷絕技，能潛入深海採海參殺大蚌的、有殺老虎的、有射彈珠打得強盜頭目哇哇叫的。

其中還有一個惡狠狠的強盜頭目，殺人不眨眼，偏偏怕他的山寨夫人，最具反諷意味的章節出現在商船主人林之洋被女兒國的女王綁架受封爲「貴妃」的那一段落，林之洋被硬拉去纏小腳、穿耳洞，被男扮女裝的超重量級宮娥訓練如何服侍女王，在中國長久來的父權社會，因男人特殊的審美觀所造成女性的身心扭曲，不只男性習以爲常，甚至大部分的女性也覺得理所當然，作者以「角色互換」的安排，讓人看來特別觸目驚心。

《鏡花緣》所崇尚的「讀書爲貴」以及「金榜題名才能光宗耀祖」的觀點，在多元價值的今日社會，當然不盡適用，這一部分的敘述，在改寫本已做濃縮及淡化，能看出這一觀點的青少年讀者，當然可以再加深思。

《鏡花緣》對人情世故的透徹瞭解和嘲諷，竟然不只在從前適用，放在今日居然也無不可。商船掌舵師傅多九公在黑齒國被年紀輕輕、「相貌可憎」的女學生問倒受窘的情節，和他在白民國被那些假斯文，其實是大草包的文人所騙的事，說的便是「以貌取人」、「成見害人」的愚魯，以這點來看，《鏡花緣》又是一本「人生明鏡」的小說了。

《鏡花緣》中的出色少女，都是貶落人間的花仙投胎轉世的，個個聰明伶俐，才貌不凡，但也個個遭遇坎坷，受盡流離之苦。《鏡花緣》中的父女主角：唐敖和唐小山，一個追求功名，得而復失；一個考中才女，也沒受到功名的好處，父女兩人的結局，竟然是同歸「蓬萊仙境」，留下一個「人生如鏡花水月」的結局。

這個安排，當然有作者李汝珍的人生體會，至於這樣的結局是不是消極虛無的，唐敖父女的爲人處事和現實人生的追求是不是積極奮發的，而佔了《鏡花緣》重要篇幅的其他配角，他們的人生追求又是積極的還是消極的？這些問題，在《鏡花緣》書中並未下定論，留給我們讀者自行思索，有興趣的青少年朋友，不妨找回原著，加以詳細閱讀。

《鏡花緣》改寫本，摘錄的是這本小說中最精采、生動的部分，有神話傳奇，有人生寫實，這些「天人合一」的故事串聯，有它的閱讀價值，小讀者可以享受到閱讀的樂趣，因爲《鏡花緣》在中國，畢竟是一部受到重視的文學著作。

主要人物介紹：

一、唐敖——約五十歲，廣東惠陽人，秀才多年，曾考中「探花」，因曾與「異議份子」結拜爲弟兄，被取消錄取資格。爲人急公好義、博學、「好作媒」及認養義女，曾因吃過「躡空草」而擁有輕功，能飛簷走壁。有一妻、一女、一子，求仙道之心，勝過家庭觀念。出海之後，不再回家園，遁入小蓬萊求取仙道。

二、多九公——貿易船掌舵師傅，八十歲，博學多聞，口若懸河，與唐敖交誼融洽。身體健康，健步如飛。爲人自負，曾在黑齒國賣弄學問，當場被兩女學生考倒，驚嚇一場。

3.林之洋：四十歲，貿易船船主，國際貿易商，相貌英俊清秀，爲人詼諧風趣，並好說粗俗笑話，曾被女兒國的女扮男裝國王選爲

「貴妃」，迫爲女裝，纏小腳，穿耳洞。一把鬍子在厭火國給燒得精光。擁有一妻一女，妻女隨船出海，家庭生活美滿；是唐敖的妻舅。

4.唐敖出海尋訪之十二種名花，皆爲十三、四歲少女，如紅薇、紫萱、錦楓、紫櫻、紅蕖、蘭音、麗蓉……可在衣服顏色區分人物之不同。

5.唐小山：十四、五歲，思想早熟。傳說爲百花仙子化身，爲仙時，個性倔強，事理分明，因不依嫦娥建議令百花齊放爲西王母祝壽，所遭陷害，貶落人間。投胎唐家後，能詩文、善刺繡，對小弟照顧、對父母盡孝，考中才女後，隨父親隱遁小蓬萊。

目次

目次

第一回　百花仙子貶落人間

天下名山，除了王母娘娘所住的崑崙山之外，還有蓬萊、方丈和瀛洲三座。這些仙山有許多神仙聚集，四季生長不同的花卉、果蔬，各種動物和樂相處。

每位神仙分別掌管天上、人間的大小事情，如果疏忽了份內工作，也會遭到處罰。

百花仙子住在蓬萊山薄命岩的紅顏洞，她掌管天下所有鮮花，稱爲群芳之王。有一年的三月初三，百花仙子約了百草仙子、百果仙子和百穀仙子去向王母娘娘祝壽。她們各駕雲彩，向著西方崑崙飛來，途中看見北斗宮出現萬丈紅光，耀眼奪目，文魁星君飛舞而出，左手執筆、右手執斗，四面紅光圍護，駕著彩雲，也向崑崙山飛去。

文魁星主掌人間的人文異動，在小蓬萊的一塊玉碑上記載了這些未來盛況。百花仙子早想去一探究竟，看看那玉碑列名的文人，有沒有一位女性？因爲文魁星既然以女性面貌出現，其中必定有些徵兆。百草仙子卻勸她，這些事情渺渺茫茫，何必去猜這啞謎，趕快去赴祝壽盛會才要緊。

四位仙子來到崑崙山瑤池，衆仙一齊向西王母拜壽，百鳥仙、百獸仙更率領各色禽鳥表演精彩歌舞。西王母坐中間，旁邊站著元女、織女、麻姑、嫦娥等女

文魁星：是天上的星宿之一，主掌功名。

仙，笑瞇瞇看分贈仙桃。百花仙子也把帶來的「百花釀」各送一杯給仙友們品嚐。

嫦娥仙子舉杯向百花仙子說道：「要是仙姑發令，使百花一齊開放，既可添歌舞聲容，又可添加酒興，這不是更有趣嗎？」

眾仙聽了，也覺得這建議很妙，都來向百花仙子要求。百花仙子卻認爲鮮花開放，各有季節，不像歌舞，隨時都可表演，如果她混亂了開花的時令，會受玉皇大帝責備，請嫦娥仙子不要開這玩笑。

這時，風姨也來說話，她說：「誰說開花也這麼嚴格的規定，妳不過動動口，就能讓王母娘娘開心，偏偏不肯，這未免太過分了。」

百花仙子又說：「小仙奉玉皇大帝之命執掌百花，

玉皇大帝：天上諸神中最大的，掌管人間所有的事情，其他小神都要向祂報告事情。

除非玉皇大帝下令，否則就算人間帝王有令，我也不能遵從，這事，請嫦娥姊姊諒解。」

「好吧！從今以後千百年內，假如人間有哪個帝王高興，出此一令，而讓百花齊開，妳要如何受罰，現在當著王母娘娘和眾仙長的面前，妳自己說吧！」

「人間帝王也是四海九州之王，怎會顛倒日月四季，強人所難？除非嫦娥姊姊去當女皇帝，出這道命令，別人不會這樣。那時我若糊塗，讓百花齊放，我願墮落紅塵受苦，絕不反悔。」

百花仙子話未說完，文魁星執筆過來，在百花仙子頭上點了一筆，駕著紅雲，奔向小蓬萊保護玉碑去了。

百花仙子和百草、百果、百穀四位仙子各回洞府，百穀仙子說：「今天是西王母娘娘的壽誕良辰，誰知這個嫦娥賣弄新鮮題目，讓好好一個宴會落到無趣，幸好百花姊姊說得合情入理，讓她滿臉通紅，否則，不知她又要出什麼怪主意呢！」

這場壽宴過後，到了冬天，神仙們的勤務減少，各自在洞府內頤養天年，百花仙子靜極思動，想到好久沒去拜訪麻姑，不顧雪花漫天，去找麻姑聊天。

麻姑看百花仙子熱誠來訪，就留她在洞府中飲酒下棋，百花仙子笑說：「小仙拜南極仙翁爲棋師，若論高手，除了仙翁老師，大概就屬我。要是不幸我再下輸棋，一定下凡間再去拜師，看妳怕不怕？」

麻姑說道：「妳別動了紅塵之念，『下凡訪師』這話，可不能隨便說說，會應驗的呀。」

兩位仙姑一邊下棋、一面喝酒，洞府外雪花飄飄，

南極仙翁：被神格化的「南極」代表老人星，意指長壽。頭大大的，鬍子長長，手中拄一根拐杖。

也眞有一番趣味。

百花仙子只顧著下棋，沒想到人間眞有個帝王傳來御旨要她百花齊放。

原來這位帝王，正是唐朝的武則天。傳說武則天是「心月狐」投胎轉世的，專來擾亂人間，敗壞唐朝宗室。她自仙界下凡投胎前，曾到廣寒宮向嫦娥仙子告辭，嫦娥想起當年百花仙子說她若受人間帝王指使，誤將百花齊放，願被打落紅塵受苦的諾言，於是慫恿「心月狐」說：「星君下凡爲帝王，享受萬人景仰並不稀罕，要是能在一日之中命令百花齊放，普天之下萬紫千紅，那才稱得上錦繡乾坤、花團世界，不只名傳千古，也顯得星君的本領通天。」

「心月狐」被嫦娥這一慫恿，笑說：「這有什麼困難？我既然當皇帝，別說百花齊放，她不敢不遵從，就是不開花的鐵樹，也要讓它開朵花兒給我看看，仙姑您就等著看吧！」

武太后自稱皇帝後，重用武姓的親戚，殘殺唐朝李姓子孫。忠於李姓唐朝的豪傑勇士，紛紛起兵反抗，最著名的有徐敬業和駱賓王兩人，但是後來都被武則天派兵討平，徐、駱兩人和他們家屬只好遠走海外。

亂事平定後，武則天自覺政權穩固，十分得意。有一年冬天，武則天和一群宮女賞雪、飲酒，見到臘梅盛開，清香撲鼻，非常高興。武則天忽然突發奇想，說道：「從古到今，婦人當上帝王的有幾人？我在這裡飲酒賞雪，卻只能看到臘梅開花，未免美中不足，我就要改變造化，命令她百花齊開，看她敢不敢違命。」並且

臘梅：農曆十二月又稱「臘月」，在臘月開花的梅花，叫臘梅。

醉筆草草寫了一首詩：

明朝遊上苑，火速報春知，

花須連夜發，莫待曉風催。

武則天命令百花在明天一早得全部開放，還特地叫人拿著她蓋了皇帝大印的紙條到御花園懸掛起來；自己醉醺醺的回宮睡覺去了。

上林苑的臘梅仙子和水仙仙子見到這張御旨，趕回薄命岩的紅顏洞告訴百花仙子，而百花仙子正在麻姑的洞府下棋，天晚落雪，還沒有回洞，她們於是轉告了牡丹仙子。一時間，花仙們得到消息，都驚惶失措，有的怕不去會受罰，有的說要不去大家都不去，武則天便無可奈何。

花仙們七嘴八舌，討論不休，眼看天快亮了，紛紛從命去了；連蘭花、菊花和蓮花這些較有骨氣的花仙也勉強一齊到御花園報到。只有牡丹花，堅持要百花仙子指令，否則她不會去。

武則天在第二天一覺醒來，想起昨天趁著酒意妄下百花齊放的命令，不禁有些後悔，她擔心群花不開，消息傳出去，那還得了？想不到，就在這時，司花太監來稟報說，各處群花盛開，不再有寒冬氣象！武則天心花怒放，到上林苑一看，果然花團錦簇，一片花花世界，她仔細數了一數，查到只缺牡丹花，十分生氣，說道：「牡丹花最被我愛護，今天群芳大放，只有它不開，這個忘恩負義的花兒，不連根拔起，全部燒個乾淨，留它做什麼！」

司花太監在每株牡丹根旁生起炭火燒烤，牡丹花給這一燒，終於也開花了。武后怒氣未消，又下一道旨意，把上林苑所有牡丹連根挖起，移植到洛陽去；從此以後，中國的牡丹花就以洛陽最盛。

那時，百花仙子和麻姑在洞府內一連下了五盤棋，直到天亮，女童來報告她們說：「外面眾花齊放，請二位仙姑出去賞花。」她們出洞一看，滿地紅藍白紫花朵盛開，非常豔麗，百花仙子這一驚非同小可，說聲失陪，趕回紅顏洞。

百花仙子剛回洞府，早有嫦娥派來的女童，請百花仙子到廣寒宮打掃庭院。百花仙子說道：「回去告訴你家仙姑，我既已背約，讓百花開放了，情願墮落紅塵受輪迴之苦，請嫦娥仙子留神觀看，我在紅塵之中是否迷失本性，才知我的道行深淺。」

輪迴：佛教的說法，人死後，會進入一種生命的循環，經過投胎的過程，再重新進入人世，叫做輪迴。

不久，百果仙子來通報，說：「有一位神仙在玉皇大帝面前告了妳一狀，說是人間帝王酒後戲言，百花仙子怎可不加呈報，就擅自顛倒時序、獻媚那個帝王？而且身爲群芳之王，既不能約束部屬，事後又不自請處分，更加不該，聽說要讓百花和妳一齊貶落紅塵，妳被謫的地方在中國的嶺南，你在人間不到十五歲，就要遍歷驚濤駭浪之險，以應驗當初誓言。」

「我是罪有應得，但拖累百花一齊受苦，於心何安？這一謫貶不知要流落何方？」

百果仙子說：「仙姑不用煩惱，小仙得到消息，百花雖然散居四處，但終有一天會團聚一方。等仙姑遊歷過各國，塵緣期滿，那時西王母娘娘會命我去迎接，請仙姑放心。」

這時，織女、麻姑也趕來探望，大家也只有搖頭歎息，埋怨百花仙子不自請處分，又不向嫦娥陪罪，所以才被貶落凡塵。接連幾天，平日交情不錯的紅孩兒、青女兒、金童在入夢岩的遊仙洞請客餞行。百花仙子說起紅塵未知的種種風波，不免擔心憂懼，在座群仙卻保證說道：「大家平日都是好友，將來百花仙子如有危急，我們不會袖手旁觀，一定立刻去相救。」

眾仙的餞別宴還沒結束，早有幾位仙姑的限期已到，一個個按年月，降落凡塵投胎去了。

百花仙子降生在嶺南唐秀才家，開始了她驚心動魄的一生。

投胎：傳說在女子受孕的時候，有上一個輪迴的人前來，即成為這個女子的胎兒。

第二回　官場失意作海外遊

嶺南循洲海豐郡河源縣（今廣東省惠陽縣），有位秀才名叫唐敖，原配妻子早已過世，又娶了繼室林氏。唐敖雖然求取功名的心很強盛，但因爲太喜歡遊山玩水，一年中常有半年出門在外，因此學業分心，每次應試都未取中，始終仍是個青衫秀才。他靠著祖先的幾百畝良田，和弟弟唐敏、弟媳史氏，一家四口人，生活也過得去。

這一天，唐敖的繼室妻子爲他生下了一個女兒。

秀才：古時候求取功名，必須經過考試，考秀才是最基層的地方筆試，考中的人稱「中了秀才」。

就在臨盆的時候，產房內充滿了奇異的香味，三天之內，居然變換了百種香氣。左鄰右舍的人都嘖嘖稱奇，將唐敖家住的這條街巷稱作「百香衢」。

林氏未生產之前，曾經夢見自己登上一座小山，山上有一面五彩峭壁，醒來後就生下了這女兒，所以取名小山。這小山長得秀美端正，而且天資聰慧，才四、五歲就喜歡讀書，讀過的書，絕不遺忘。家中藏書豐富，她的父親和叔叔又不時指點她，不到幾年，已寫得一手好文章。

唐小山不僅好文，同時也習武，兼又膽量大，見識過人，時常舞槍耍棒，父母也禁不了她。唐小山和叔叔談得來，常在月圓時節，和叔叔同坐簷下吟詩作賦；有一天，唐小山的父親又去京城赴考，小山問叔叔：「父親屢次參加科舉考試，叔叔也是秀才，怎麼不去應考？」

小山的叔叔說：「我本性不熱中功名，何況學業未精，去也無用，與其這樣奔波辛苦，不如在家教學生、隨興讀書來得自在些。」

唐小山還問道：「現在既然開科考文，自然是男有男科，女有女科了，不知我們女科幾年一考？叔叔早一點告訴我，我好用功準備。」

叔叔給唐小山逗笑了，說當今考試並沒有設女科，雖然武則天太后爲帝，朝廷中並沒有女丞相。唐小山爲了女皇帝不提拔女秀才、女丞相，感到忿忿不平，把書放了，改去學針線女紅；但是學不了幾天，覺得沒意思，還是吟詩作賦比較合她興趣。小山本來聰穎，領悟探花：從秀才、舉人一路考到最後一關，是在京城考的，第一名叫狀元，第二名叫榜眼，第三名叫探花。

力高，再加上時刻用功，每與叔叔唱和，叔叔竟然也漸漸不如她了，因此，大家都稱小山是才女。

這回，唐小山的父親唐敖赴京趕考，想不到居然榜上有名，中了進士第三名的「探花」。正在慶幸歡喜，誰知又被朝廷中的一個官員告了一狀，說他當初曾在長安城和徐敬業、駱賓王等「亂黨」結拜爲異姓弟兄，將來要是錄用做官，總不會安分，報請皇上取消他的功名，降爲平民百姓，以爲警惕。

唐敖眼看苦讀多年才得的功名，剛到手又成空，氣惱得不得了。他反覆思考，終於將這求取功名的念頭棄絕掉，於是帶著弟弟寄來的旅費，把僕人遣散了，自己帶著行囊，到處遊山玩水，暫解愁煩。

唐敖一路逢山攀登，遇水搭船，過了秋冬，轉眼又是初春時節，來到了嶺南。他先去拜訪妻舅林之洋，妻舅住所，離他自己的家不過二三十里，路途雖近，但心灰意懶，沒臉見妻子、兄弟，想另尋勝境暢遊，又不知走那一路好，一時無聊，請船夫將船靠岸，走了幾步，遠遠有一座古廟，進前觀看，上寫「夢神觀」三個大字。

唐敖不禁歎息說道：「我唐敖年已半百，回顧往事，眞像一場大夢，從前不論好夢或惡夢，都已做過，今天看破紅塵，想求仙訪道，不知今後遭遇如何，何不求神明指示？」於是走進神殿，暗暗禱告，拜了神像，就在神座旁席地而坐。

恍惚間，看見一個小童走來，說道：「我家主人奉請先生，有話面談。」唐敖跟著他來到後殿，有一老者出迎，唐敖問道：「請問老丈尊姓？不知見召有何指教。」

老者說：「老夫姓孟，我觀察先生似乎有求仙訪道、看破紅塵的意思，所以請你進來談一談。請問先生有何根基，有何學術，憑什麼去求仙道？」

唐敖說：「我雖無甚根基，求仙一事，無非遠離紅塵，斷絕七情六慾，一意靜修，自然可入仙道了。」

老者笑道：「想要成仙，談何容易！先生所說清心寡慾，不過延年益壽，身無疾病而已。有位葛仙翁說得最好，他說；『要成地仙，當立三百善；要成天仙，當立一千三百善』先生既未立功，又未立言，而又無善可立，一無根基，忽要求仙，這不是枉費心力？」

唐敖說：「我本性庸愚，今天承老先生指教，往後更要多做善事，以求正果，」又說：「我本來一心求取上進，想恢復唐朝天下，解除百姓的困苦，在朝廷中任官，好好盡力做事，誰知才考取進士，就遭受意外之災，老先生能不能爲我指點迷津呢？」

「先生有志未成，實在可惜，不過，塞翁失馬，焉知非福？四海如此廣大，怎會沒有機緣？我聽說百花遭貶謫，全都降落人間，其中更有十二種名花，流落海外，如果先生有憐憫之心，不怕辛苦，到海外細心尋訪，將各花力加培植，與群芳同得返本還原，也是一樁大功德；先生再努力行善，一旦到了小蓬萊，就可登仙界。因爲您本來就有宿緣，所以才告訴您這些事，千萬不要懈怠。」

唐敖聽完還想追問，那老先生忽然不見了。他連忙

塞翁失馬，焉知非福：是一句成語，指一個老翁丟了馬，大家都替他惋惜，他卻不認爲，反而覺得可能會是好事；果然幾個月後，他的馬不但跑回來，還把鄰國的駿馬也帶回來了。

把眼揉了一揉，四處觀看，誰知仍坐在神座旁，仔細一想，原來是一場夢。他站起身來再看神像，竟是夢中所見的老先生。唐敖回到船上細想夢中情景，暗暗思量：

「這次若到海外，也許有些奇遇。老先生所說的百花遭貶謫，究竟怎麼回事？老先生說名花十二，又沒說花名是什麼，將來到了海外，只好多加留神。」又想：「妻舅常出外飄洋，要是能結伴同行，那更好了。」

於是轉往妻舅林之洋家。到了他家門口，只見人來人往的準備貨物，正要出遠門的樣子。這位林之洋是河北人，寄居嶺南，平日以海船生意作活，父母早已去世，有一妻一女，小女名叫婉如，今年十三歲，長得秀麗聰明，時常隨父母飄洋過海做生意。

林之洋看到妹婿來了，非常高興，引進房內，談起家常。婉如學她的表姊妹小山，也愛讀者寫字，可惜她父親忙於生意，少有空閒教她，林之洋原本有意將婉如送去和唐小山作伴，受妹夫調教，但這幾年，妹夫在家的日子少，想等妹夫作了官，再把她送去，誰知妹夫剛中探花，又爲結盟的事給取消了。林之洋說：「這個探花的名號，是武太后新近取的，必因當年百花齊放一事，派你去探什麼花消息哩。」

唐敖說道：「這個說法太牽強。我們相別許久，今日見面，正要談談，但看你這樣匆忙準備貨物，難道要出遠門做生意嗎？」林之洋回答正是。唐敖趕緊說：「小弟這次從京城回來，心情鬱悶，身體也不大舒爽，正想到海外看看異域風光，解解愁悶，舅兄剛好要出遠門做生意，眞是天緣湊巧，不知肯不肯讓我搭個便船走一趟，小弟帶有路費，飯錢船費一定遵命照付。」

「妹夫，我們是骨肉至親，怎麼和我談起飯錢船費來了，不過海上風浪大，洗澡、喝水都不方便，你們讀書人愛喝茶，恐怕只能沾沾唇，您怎麼會習慣呢？」林之洋又說：「每次出海，要看風向，往返一趟三年兩載說不準，萬一耽誤了妹夫的功名正事，怎麼好呢？」

唐敖出海散心的意念強烈，認爲這些都不成問題，林之洋也只得答應。唐敖寫了一封家書請人送回去，又取了一封五百兩銀子給妻舅當飯錢船費，林之洋哪肯收下，就是轉給婉如買紙筆，林之洋也不肯，林之洋說：「妹夫既然想到海外，爲什麼不買些貨物碰碰商機。」

唐敖正有此意，於是帶了水手，到市上買了許多花盆並挑了兩擔生鐵回來，林之洋看了不禁失笑。唐敖生鐵：尚未經過鍛鍊的鐵。

說：「花盆雖是冷貨，但怎知海外沒有愛花的人，那海島中奇花異草必不少，就以此盆栽植數種，沿途玩賞，亦可陶冶性情，至於生鐵，要是遇到買主，當然好事，要是賣不出去，當作壓艙，放上幾年也不壞。」

此時正是正月中旬，風和日麗，船行了幾日到大洋中，唐敖眺望無邊無際的青天碧海，眼界大開，心情也舒暢。林之洋一向敬重妹夫這位讀書人，又知道妹夫最喜歡遊山玩水，凡是可以停泊靠船的地方，他都儘量讓唐敖上岸去玩，林之洋的妻子也細心照料唐敖的飲食，他在船上過得很快活，立誓不談功名，既無所求，也更自在了。唐敖閒來無事就教姪女婉如念詩作文，而婉如和詩賦有緣，一讀便會，又十分好學，教這個學生，一點也不費力。

唐敖官場失意，隨妻舅出海旅行。

第三回　東口山的珍禽和異草

唐敖隨著妻舅林之洋的商船飄洋過海，有一天，迎面忽然出現一座大山，山勢特別雄壯，林之洋說是「東口山」，據說山上景致優美，路過幾次從來沒上去過，既然妹夫有興趣，大家不妨上去走走。

唐敖聽見「東口」兩字，甚覺耳熟，問道：「這座山既叫東口，那君子國、大人國，也都在這附近了？我曾聽說海外東山口有君子國，這裡的人衣冠帶劍，謙讓不強爭奪，又聽說大人國在它北邊，只能乘雲不能走，這些傳聞不知是否眞實？」

林之洋說：「沒錯，我從前到過大人國，曾見他們國人雲霧托腳，走路並不費力；那君子國人，個個斯文氣。這兩國再過去，就是黑齒國，渾身上下，無處不黑，其餘還有勞民、聶耳、無腸、犬封、元股、毛民、毘騫、無繼、深目等國，無不奇形怪狀，將來去到了，妹夫過去看看便知道了。」

話還未說完，船已停靠在山腳下，郎舅兩人下船，上了山坡，林之洋提著塞火藥的鳥槍，唐敖身佩寶劍，彎彎曲曲越過前面山頭，四處一看，果然無窮美景，一望無際；遠遠山峰上走出一隻怪獸，其形如豬，身長六尺，高四尺渾身青色，兩隻大耳，口中伸出四支長牙，

郎舅：指一個婦女，她的先生和她的兄弟的關係，也有人叫「妻舅」。

如象牙一般，拖在外面。郎舅兩人不曾見過這種動物，正胡亂猜疑時，有位八十多歲的老人，正從山上下來。

這老人叫多九公，是林之洋船上的掌舵師傅，姓多，排行第九，大家都稱他多九公。他年紀大，但精神好，走起路來，年輕人也趕不上，年輕時候讀了不少書，後來因爲考場不如意，乾脆拋棄了書本，幫人作些海船生意，多久公不單是學問好，而且見識廣博，船上的人給他取了個反面綽號叫「多不識」。多九公說道：「這隻獸名叫『當康』，每逢盛世，才露出身形，今天出現，必主天下太平。」話剛收口，這隻怪獸果然叫了聲「當康」，蹦蹦跳跳離開了。

唐敖正在眺望，忽然被空中落下的一個小石塊打中，只見一群黑鳥，形狀像烏鴉，嘴白如玉，兩腳紅赤，頭上斑斑點點的花紋，在山坡啄取石塊，來回的扔進大海。

多九公說：「這就是銜石塡海的精衛鳥。從前炎帝有個女兒，到東海遊玩時落水而死，靈魂不散，變成精衛鳥，因心有懷恨，每天銜石頭吐入海中，想要把大海塡平。」

唐敖聽了不禁歎息，說道：「精衛鳥雖然痴傻，想以小石塡平滄海，但牠不畏艱難的志氣，實在值得嘉許。世間往往有許多人，對於簡單易爲之事卻畏難偷安，耽誤了大好時光，直到年歲老大後，一無所能才後悔莫及，如果都能像精衛鳥這樣立志，何患無成呢？」

這時，林之洋看見前方一片樹林，樹木高大，樹高五丈，樹身需五人合抱，樹上並沒有枝節，卻有無數稻

炎帝：即上古時候的神農氏，和黃帝合稱爲「炎黃」做爲中華民族始祖的代表。

鬚，如禾穗一般，每穗一個，約長丈餘。

多九公説道：「這是木禾，可惜此時稻還未結穗成熟，要不帶幾粒大米回去，倒是罕見之物。」

林之洋在草內搜尋，果然找到一顆自樹上落下的大米，只見那米粒有三寸寬、五寸長，唐敖説：「這米若煮成飯，豈不有一尺長麼？」

多九公説道：「這米粒何足爲奇，我在海外曾吃過一個大米，足足飽了一年，那米寬五寸、長一尺，煮出飯來，雖無兩尺，但吃過後滿口清香、精神飽滿，一整年也不想再吃食物，這件事，別説二位不信，就是當時我自己也覺得奇怪，後來因聽説宣帝時，背陰國來進貢土產，內有『清腸稻』，每吃一粒，終年不餓，才知當日所吃的大約就是『清腸稻』了。」

進貢：古時候在邊陲地帶的小國，都會定期向中原的朝廷奉上一些自己國內的特產，或稀有珍物等，做爲友好、歸順之意。

林之洋恍然大悟：「怪不得現代的人射靶，每每所發的箭離靶心有一二尺遠，就說『差得一米』，我聽了覺得疑惑，以爲世上哪有那樣大的米，今天聽多九公這番描述，才知『差得一米』，指的就是煮熟的清腸稻！」

多九公一眼瞥見遠遠有一個小矮人，騎著一匹馬，約七八寸長，正往山路奔去。他拔腿就去追趕，不防給路上一塊石頭絆了一跤，扭了腿筋，再也跑不動。林之洋只顧去找米，唐敖緊跟著多九公，從多九公身上飛過，追趕那小人，趕了半里路，這才趕上，將牠捉住，一口吞下肚裡去。

多久公手扶林之洋，氣喘嘘嘘走來，唐敖說道：「這個小人小馬，名叫『肉芝』。曾在古書中看到記載，說是『行山中如見小人乘著小馬，長五七寸，名叫『肉芝』，有人吃了，延年益壽，並可成道成仙』，這話不知眞假，猜想是不致有害，因此把牠捉住，一口吞下。」

林之洋笑道：「果眞這樣，妹夫竟是活神仙了，今天你吃了肉芝，自然不飢餓，只顧遊玩，我這倒又餓了。」多九公說道：「林兄如餓，恰好此地有個充飢之物，林兄把它吃了，非但不覺得飢餓，而且精神加倍清爽。」多九公隨手在草叢中摘了幾枝青草，這草看來像韭菜，內有嫩莖，開著幾朵青花，散發著一股清香。

唐敖認得這青草名叫「祝餘」。他忽在路旁又折了一枝青草，其葉如松，青翠異常，葉上生著一子，大如芥子，唐敖將青草吃下，把那芥子放在掌中，吹一口氣，登時那子中生出一枝青草，也如松針，約長一尺，再吹一口，又長一尺。多九公説道：「這是『躡空草』，又名『掌中芥』，人若吃了，能浮立空中。」

林之洋笑道：「有這麼大好處，我也吃他幾枝，回家後要是遇上小偷，我飛到屋頂抓他，這不省事？」他又要唐敖當場表演，唐敖隨即往上一跳，眞就凌空飛舞起來，離地約五六丈，果然兩腳登空，像踩著實地一般，將身體直立，動也不動。林之洋拍手笑道：「妹夫這下眞就『平步青雲』了，妹夫何不再走幾步，要是走得靈便，將來你就在空中行走，兩腳不沾土，連鞋襪都省了。」唐敖聽了，果眞就要在空中行走，誰知才剛舉起腳來，隨即就降落了。

他們一行三人繼續向前走，又發現了「刀味核」和

平步青雲：指做官的路途非常順利，在很快時間內，就做到了人人稱羨的高位。

「朱草」，他們一一都取來吃，唐敖說：「朱草才吃不久，就覺神清氣爽，今日吃了不少仙品，不知臂力如何？」看見路旁有塊巨大石碑，倒在地下，彎下腰去，毫不費力輕輕捧直了，卻在這時，腹肚痛了起來，腹中響了一陣，濁氣下降，微微有聲，一連放了幾個響屁！

林之洋用手掩鼻，說道：「好了，這草把妹夫肚裡的濁氣都趕出來，不知腹中會不會覺得空疏，從前所作詩文可還依舊在腹中？」

唐敖低頭想了一想，說道：「奇怪，起初吃了朱草，細想幼年所作詩文，明明全都記得，不料腹痛排氣過後，再想舊作，十分中不過記得一分，這怎麼回事？」

林之洋仍舊大笑，說道：「這有什麼奇怪，據我看來，妹夫想不出的那九分，就是剛才那股濁氣；朱草嫌它有氣味，把它趕出來？我擔心的是妹夫考中探花的那本卷子，不知朱草肯不肯留情呢？」又說：「妹夫平日所作詩文，將來如要出版，依照我的想法，不須託人挑選，就把今日想不出的那九分全都刪去，只出版想得出的那一分，必是好文章。可惜這朱草產得少，要不帶些回去給那些作文章的人，豈不省不少出版的氣力，大家也少看些無聊文章。」

林之洋請多久公也吃兩枝朱草，將來出版文章可省挑選的工夫，多久公笑說：「我雖有詩文要出版，但是兩枝朱草吃下去，只怕濁氣一排，連一分也想不起來。你何不自己吃兩枝？」

林之洋說：「我又不刻『酒經』，也不刻『食譜』，吃它做什麼？我這肚腹不過是酒囊飯袋，若要刻書出版，也只有這些東西了！」

三人見了這些異草奇花，珍禽怪獸，眼界大開，說說笑笑，一肚子悶氣換了喜氣，開心極了。

酒囊飯袋：指人的身體是裝了酒和飯菜的一個囊袋，也可以說是只會吃喝的一具形體。

第四回　女獵人殺虎報仇

多九公年紀超過八十歲，但眼力還是很好，不但看得清楚，又因見識廣，看什麼知道什麼。他和唐敖、林之洋繼續在山裡閒逛觀賞，忽然看見山坡上有隻怪獸，模樣像猿猴，身長約四尺，全身白毛夾著黑紋，尾巴由身子盤上頭頂，還伸出兩尺。林之洋看這怪獸還留著黑鬍子，問道：「這個絡腮鬍子的傢伙叫什麼名字？」

多九公說道：「牠叫『果然』，又名『猓獸』，性情忠義，最愛護同類，獵人往往捉住一隻，打死了放在

絡腮鬍：也有人說是「落（念ㄌㄠˋ）腮鬍」，指成年男性留的鬍子，分布在兩頰和下巴，量多且濃密。

山坡，如果被路過的獵獸看見，就會守著哭泣，給人抓了也不抵抗。這種守著同類痛哭的獵獸又要遭殃了，不信你看看，等會兒獵人就會出現。」

山上忽然起了一陣大風，颳得樹林刷刷響。三個人感覺這陣風來得古怪，趕忙躲入樹林。

風頭過去了，半空中跳下一頭斑毛大老虎！大老虎跳到哭泣的獵獸面前，獵獸嚇得發抖，卻還是不逃跑，大老虎吼一聲，張開血盆大口，將獵獸一口咬住。

這時，山坡旁射出一箭，正中老虎的額頭中心，老虎丟下獵獸，跳起數丈高，又隨即落下，四腳朝天，一動也不動了。

多九公輕聲說道：「神箭手！這一箭『見血封

見血封喉：見血指中毒，封喉指死掉。意指中毒而亡了。

喉』，射得又準又深，毒藥灌入虎身，不用再多費一箭。沒想到這深山林內竟有這種好功夫的人，等一下出來，我們可要好好見他一面。」

山旁走來一頭小老虎，多九公和唐敖、林之洋又縮回身子，睜著眼睛看，看這頭小老虎走到山坡，忽然將虎皮掀開，出現一位美麗的少女。

少女穿白衣，頭上綁著白色的漁婆巾，臂上掛著一張雕弓，她從腰間抽出一把刀子，對準老虎胸膛又剖又割，取出一顆血淋淋的心，又收了刀子，捲起虎皮，提著虎心往山下走來。

林之洋看了，說道：「原來還是個女獵人哩，這樣小年紀，竟有這種膽量，讓我來嚇她一下。」說著，對空放了一鎗。

女獵人叫道：「我不是歹人，請各位高抬貴手，小女子有話要說。」

唐敖、多九公和林之洋探出身來，表示佩服她的箭法，一一自我介紹過，又問女獵人尊姓大名，爲什麼割下血淋淋的虎心？

女獵人聽見唐敖名字，詳問他是不是嶺南唐敖，字號叫以亭，問清楚了，趕緊行禮說道：「姪女是中國人，叫駱紅蕖，父親是駱賓王，曾和唐伯伯結拜爲弟兄的。父親被官差緝捕後，母親帶著祖父和我逃到這裡，將在古廟中過日子，沒想到剛才那隻大老虎追趕野獸，將住房壓倒，我母親肢體折傷，疼痛而死，我立誓要殺這隻老虎，取牠的心祭拜亡母，沒想到能遇見唐伯伯。」

「妳祖父在哪裡？身體可安好？妳趕快帶我去！」

三個人跟隨駱紅蕖來到「蓮花庵」，「蓮花庵」古廟並無僧道，廟身四壁斑駁，所幸庭院中佈置得雅致，看來倒也清幽。

進了廟門，駱紅蕖先提虎心去通知。三人隨後進到大殿，只見有個鬚髮雪白的老翁出來，唐敖認得駱龍老先生，連忙搶進行禮。

老翁經唐敖再三介紹，也想起唐敖和駱賓王的交誼，歎息道：「我兒賓王不聽你的勸告，輕舉妄動，導致今天全家離散，孫兒在軍中，也生死不知。孫女因痛恨老虎殺她母親，所以成天穿著白孝服，搬弓弄箭，丟了書本，只想殺虎報仇。山中老虎何其多，她能殺兩隻，也算盡孝心了，我想拜託賢姪，請你念在當日和我兒賓王的交情，收紅蕖為義女，帶她回家鄉，婚姻之事

孝服：家中長輩去世，晚輩所穿的特別衣服，因輩份關係，而有白布衣、麻衣等區別。

義女：就是乾女兒。

也請你一併作主，你答應這要求，我死也瞑目了。」

唐敖説道：「老伯言重了，小姪和賓王兄，情同骨肉弟兄，紅蕖就是我的女兒一般，我若帶她回鄉，自會好好安排她的將來，不必如此拜託。我原想奉請老伯同回家鄉，侍奉餘年，代賓王兄盡孝道，不負當日結拜之情，只怕武則天挾怨報復。」

駱龍聽了很感激，告訴孫女紅蕖説：「孫女還不趕快拜認義父，跟隨他去，了卻我一樁心願。」

紅蕖不禁放聲大哭，走到唐敖面前跪下，行八拜大禮，認了義父。她邊哭邊説：「姪女受義父天高地厚之情，應當聽命返回故鄉，但是，女兒有兩件心願放不下：一是祖父年高，無人侍奉，我怎能棄之不顧呢？二是山中還有兩隻大老虎，大仇未報，又怎能遠走呢？義

八拜大禮：行禮的時候，共拜八次，表示謹慎、恭敬的意思。

父如能惦念我的苦情，留下嶺南的住址，等待來年，國內平靜了，我再陪同祖父投奔嶺南，免去我兩方牽掛。要是這時拋棄祖父，這和傷天害理有何兩樣？」

駱龍再三勸告孫兒，別這樣牽腸掛肚，趕快隨義父回故鄉才對，紅蕖卻堅持不肯。多九公於是說道：「小姐的意念既然這麼堅定，我看一時也難挽回，不如等我們從海外回來，小姐考慮考慮，那時再將小姐帶回家鄉，這不更好嗎？」

唐敖居然說道：「要是我以後不回來，怎麼辦呢？」

林之洋問道：「妹夫你說什麼話？今天我們一道出外，當然是一道回去，怎麼說『假如以後不回來』？」

唐敖笑說：「我偶爾失言，舅兄不要認真了。」說罷，要了紙筆，寫下嶺南的住址。駱紅蕖又託帶一封書信給巫咸國的薛蘅香，薛蘅香也是唐敖結拜弟兄薛仲璋的女兒，逃難在巫咸國。

天色已晚，三人離開蓮花庵，沿舊路回去。

林之洋問多九公：「剛才我看那隻大老虎吃獙獸，想起古人說，虎豹吃人，總是那人前生注定，該傷虎口，若不注定，就算當面碰上，牠也不吃，這話可是眞的？」

多九公搖頭，他說：「虎豹哪敢吃人，至於『前生注定』的傳說，也不可信。從前我曾見過一個老翁，他說得最有道理，他說：『虎豹從來不敢吃人，而且還很怕人，平常以吃禽獸爲糧，往往吃人，必是這個人和禽獸差不多，所以虎豹遇上他，不知他是人，所以吃

吃齋：就是吃素，不吃葷食（肉類），表示心中的虔敬和清明。

他。』人和禽獸的差別在於頭頂的靈光，禽獸頭上無光；人的天良不滅，頂上必有靈光，虎豹看見必然躲避。靈光的多或少，全看人爲善或作惡。」

林之洋說道：「我有一個親戚，常吃齋唸佛，有一天上山進香，竟被老虎吃了，難道他這樣做善事，修道行，頭上也沒有靈光嗎？」

多九公說道：「這種人怎會頭上無靈光？只怕這個人平日吃齋唸佛，但一時把定不住，一念之差，害人性命，或忤逆父母，忘了根本；或姦淫別人妻女，壞人名節，把靈光都消磨掉了，虎才吃他。這人除了吃齋唸佛，別的行爲如何？」

「這個人樣樣都好，只是常沒給父母好臉色看，對父母鬥嘴吵架。」

「百善孝爲先，他連這點都做不到，難怪頭上無靈光保佑。」多九公説道：「吃齋唸佛是修行，但也只是小善，何況吃齋唸佛不過外面向善，不知他内心如何。假使在外行善虛名，心裡卻懷著凶惡，這罪孽更重。人的心地眞善最重要，要是説吃齋唸佛的都是善人，恐怕也未必。」

正在交談時，離船不遠的樹林忽然飛出一隻大鳥。形狀像人，滿口豬牙，渾身長毛，兩個人頭，一頭像男人，一頭像女人，額頭上有羽毛紋路像「不孝」兩字。

多九公説：「還眞巧哩，我們剛在談論不孝，這『不孝鳥』就出來了。」

林之洋對空便是一鎗，將這雙頭的不孝鳥打了下來，這隻鳥帶傷落地，又展翅要飛走，林之洋趕過去，一連打了幾拳，將牠打倒在地。

三人靠近一看，這隻不孝鳥的額上不只有「不孝」兩字，還有「不慈」兩字，臂上有「不道」二字，右脅下有「愛夫」二字，左脅下有「憐婦」二字。唐敖感歎說道：「據我看來，這是世間不孝的人，行為近於禽獸，死後不能投胎為人，所以變成這種鳥。」

正好有水手下來舀取山泉，看見這隻羽毛豐厚的不孝鳥，問清了牠是這情況，都說：「他既然不孝，我們就不客氣了，這樣一身好羽毛，拔去做支掃帚也是好的。」這個抓一把、那個抓一把，把那羽毛拔得滿天飛。

不孝鳥的羽毛給拔個精光後，樹林內忽然噴出一陣黏液，腥臭得不得了，水手們紛紛躲開。

脅：念ㄒㄧㄝˊ。胸前兩側有肋骨的部分，叫「脅」，例如：右脅痠痛。

樹林內又飛出一隻怪鳥，身長五尺，長著一隻紅腳，一對大翅膀，將那隻不孝鳥抱起，騰空飛去。林之洋拿起火鎗瞄準，對牠射出，誰知火繩沾水，點不了火，轉眼間，怪鳥已飛遠了。

多九公說這隻怪鳥也有個名字，叫「飛涎鳥」，口水像膠水一樣黏，肚子餓了便吐口水在樹上，別的鳥兒一沾上，飛不走，成了牠的食物。牠連搶帶抱的把不孝鳥抓走，大概是餓過頭了，可見這種不孝鳥，不但人要拔牠的羽毛，禽獸還要吃牠的肉哩，爲人眞是不可不孝。

少女身披虎皮獵虎，為母報仇。

第五回　禮義之邦君子國

風帆滿漲，船行平順，唐敖搭著妻舅林之洋的商船來到了君子國，將船靠泊，林之洋獨自上岸去賣貨。唐敖約了多久公同行，走了幾里路，來到君子國的城門，城門上寫著「惟善爲寶」四個大字，進了城，看見人來人往，買賣生意興隆，十分繁華熱鬧，人們所穿衣著和言語也和中國相近，可以瞭解。

唐敖向一位老翁請教：爲什麼君子國的人民能夠謙讓不爭奪。這老翁聽了很驚訝的樣子，認爲這「好讓不

耕者讓畔：畔是指田地的界限，邊邊的地方。耕者讓畔是指耕田的農夫，把自己田地邊邊的一塊讓了出來給別人行走、使用。

爭」還是個問題嗎？唐敖又問：這個國家為何以「君子」為名？老翁仍回答不知道，唐敖一連問了好幾個人，都是如此。

多久公說道：「據我看來，他這國名以及『好讓不爭』、『耕者讓畔、行者讓路』的讚美，都是鄰國為他們取的，所以他們不知，我們不妨到處看看，瞭解他們的實際情形吧！」

唐敖和多久公來到一處熱鬧的市場，看見一個傭僕模樣的人正在買東西，他對那賣貨的人說：「你這麼好的貨色，卻只要這麼低的價錢，我買回去了，怎麼能心安呢？無論如何，您再加一點價錢，否則，我不敢買。」

唐敖聽了，低聲向多久公說道：「這眞有意思了，凡是買東西，只有賣者討價，買者還價，哪有這種買者要求添價的事？」更奇的是，那賣貨的人居然說：「您的意思我很明白，其實剛才要價已經太高了，心裡覺得很不好意思，想不到您反而說我價錢太低。俗話說：『漫天要價，就地還錢』，您不但不減，反而要我加價，這生意怎麼做得成呢？」

賣貨的生意人堅持不肯加價，買貨的傭僕於是照他的價錢給了，但只拿一半貨物，剛要走，卻一把被生意人抓住不放。幸好路旁走過兩個老翁，說好說歹，從公評定，命令那買貨的人照價拿了八折貨物，這場交易才沒再爭吵下去。

唐敖和多久公看著，又繼續往前走，見到一個農人買東西，原來買賣已完成，那賣貨的接過銀子一看，又秤了一秤，連忙攔住農人，說：「老兄慢走，這裡向來買賣都是大市中等銀色，現在老兄既將上等銀子付我，小弟受之有失公平，請照例扣去。」

農人說：「一點銀子小事，不必計較，既有多餘，等下次我來買貨，再扣除就行。」

賣貨人又攔住農人，說：「這怎麼行，去年有位老兄照顧我的生意，也將多餘銀子存在我這裡，說是以後買貨再算，誰知到今天仍不見，到處找他，也沒辦法還，這不是讓我欠了來生的債嗎？今天，老兄又如此，要是一去不來，到了來生，小弟變驢變馬歸還先前那位老兄，已經夠忙，哪裡還有空閒再還老兄？」兩人推讓了好久，農人只得拿了兩件貨，抵過多餘銀色。

唐敖和多久公到處閒逛，只見市場中全是這種情

變驢變馬：有一種說法，如果來生投胎，不是變人，而是變動物的話，就比人低一等，要給人類掌控的。

形，實在不愧是謙讓公平的君子之國。這時，走過來兩位面色紅潤、鬚眉皆白的老人家，滿面春風，舉止高雅大方，唐敖和多九公和他們拱手爲禮，問了名姓，原來兩位老者都姓吳，是同胞兄弟，一名吳之和，一名吳之祥，兩位老者熱誠邀請唐敖和多九公到他們家中飲茶，兩人也欣然同意，跟著吳氏兄弟走。

他們來到一幢房屋前，只見兩扇木門，四周竹籬爲牆，攀了翠綠藤蘿；門前有一口池塘，塘內養了菱角、蓮藕，蓮花的幽香更讓整個庭院顯得雅靜。到了大廳，又見廳中懸掛著一塊木匾，國王賜的匾額，題著「渭川別墅」。

大家坐下，喝茶閒談，唐敖說：「我們瞻仰貴處風景，果然名不虛傳，眞不愧『君子』二字！」

兩位吳老先生客氣一番，卻越談越高興，先是讚美中國向來尊崇禮義，中外久受被澤，他們讀了不少中國書，對中原的歷史、文化、風俗、人情瞭解很深，唐敖和多九公一再虛心請教下，吳之和不願多談國家之事，至於風俗，他願意說些見解，他說：「貴國作子孫的人，對於喪葬之事，並不講究『死者入土爲安』，往往因爲選擇風水，讓父母的靈柩多年不能入土，甚至拖延兩代三代之久，因此，庵觀卉院裡停了無數的棺材，荒郊野外也是這般。甚至有人在有能力安葬父母時，因爲選風水而躭誤時間，到後來經濟能力欠佳時，雖選好風水卻無法安葬，久而久之，竟不能掩埋了。」

唐敖和多九公聽吳之和老先生暢談，一時語塞，吳老先生又說：「那些通曉地理風水的先生，要是看中一

風水：有人相信房屋或墳地的方向以及環境地脈、山勢、水流等，可以決定一家人或是後代子孫的吉凶福禍。

塊好地，怎不留給自家用呢？何況尋訪風水，只爲子孫福祉，棄父母骸骨不能入土，這也太自私了。易經曾説『積善之家，必有餘慶』，替父母多做好事，廣積陰德，比起看風水那種虛無渺茫，難道不勝過千萬嗎？」

吳之祥老先生也說道：「我聽説貴國的人民，凡是生子女，向來有滿月、百日、週歲的慶祝會，有錢人家不是大開筵席，也就演戲慶賀，殺豬羊、宰雞鴨，大開殺戒。我聽過『上天有好生之德』，今天上天既賜子女給人，而人們不知體會好意，反而因子女而宰殺許多生靈，眞是上天賜一生靈，反而傷了無數生靈，這是給孩子造孽，懺悔都來不及，怎麼還敢寄望福壽呢？所以貧寒家的子女多享長年，而富貴人家的兒孫每多夭折，」

吳之祥老先生又說：「我還聽説貴國的人民有將子女送

空門：佛教的別稱。因爲佛教認爲世界都是空的，是虛幻、不眞實的。

入空門的，說這叫『捨身』，有病的自然痊癒，短壽的人會延年，所以做了僧尼。」

兩位吳老先生接連談到中國人民好爭訟、屠宰耕牛以及請客鋪張；對食物品味不高，惟以價錢貴的爲尊，婦女纏腳，把女人的小腳纏綁得皮腐肉敗、鮮血淋漓……眞把中國人的毛病全給揪舉出來了。唐敖和多九公聽得坐立不安，正覺得難堪，幸好有僕人進來說，國王要來見兩位相爺，有軍機大事商量。唐敖和多九公連忙告辭，吳氏兄弟一直送出大門外，行禮告別。這時兩人才知道，兩位老人家是君子國的宰相，但他們那種謙恭和氣的態度，完全沒有官僚架子，多九公說：「這該讓我國那些本事不大，卻驕傲自大的官吏見識見識，讓他們一個個羞愧死。」

兩人回到船上，林之洋已經回船多時，談起生意買賣之事，原來此地商人很多，各色貨物都供應無缺，他沒得零頭可賺。

正要開船，吳氏弟兄差遣家人拿著名帖，送來許多點心、水果，並賞給水手們倭瓜十擔、燕窩十擔，隨後又親到碼頭來送行。

水手們把倭瓜、燕窩搬到船尾，晚餐時煮了許多倭瓜燕窩湯，都高興得說：「平常聽人說燕窩貴重，卻從來沒吃過；今天，倭瓜叨了燕窩的光，口味自然不同，辛苦了這些天，享享口福也是好的。」

水手們舉筷，夾了一大把燕窩放在嘴裡嚼了一嚼，卻皺著眉頭說：「好奇怪，為什麼這種好東西，到了我們嘴裡，滋味並不怎麼樣！」

燕窩：金絲燕子在築巢時，會把胃裡分泌的黏液吐出來築，是一種多膠質的珍貴補品，傳說可以潤肺、止咳，補虛弱的身體。

幾個嘴快的水手竟然說道：「這明明是粉條子，怎麼把它混充燕窩？我們上當受騙了！」

一頓晚飯吃下來，一鍋倭瓜吃得乾乾淨淨，剩下許多燕窩。林之洋聽完了，隨即委託多九公照粉條子價錢向水手們買下來，放在貨艙裡，暗自歡喜，說道：「怪不得這幾天，老是看見喜鵲對著我啼叫，原來是有這股財氣要到我頭上來。」

喜鵲：是一種鳥，脖子和肚子是白色，頭和背是黑色，尾巴長長的，叫聲很好聽，被人認爲是預報喜訊的鳥兒。

第六回　海底女蛟龍

林之洋的商船正收纜要離開君子國，忽然聽見有人喊救命。唐敖連忙從船艙趕出來，看見岸邊靠泊著一艘極大的漁船，漁船上站著一位少女，全身濕淋淋的。

漁船上的少女生得唇紅齒白，身穿一件皮衣，腰間繫著絲縧，下面穿一件皮褲，胸前斜插一支寶劍，腰間絲縧還掛了一個扣著草繩的小小口袋。少女被人拴在漁船的桅桿底下，身旁站著一個漁翁和漁婆。

漁翁看見唐敖一行人，說道：「我是青邱國的人，

貫錢：以前一千制錢串在一起，叫一貫錢，所以家中很有錢，叫做「家財萬貫」。

專以打魚爲生，這次到君子國海域來，幾天撒網竟沒捕著一條大魚，正在煩惱，恰好網著了這個女子，我要把她帶回去，多賣幾貫錢，也不白費我辛苦一場。誰知道這個女孩只管哀求我放了她！我們開了幾百里船，辛苦不說，這些天來吃喝也用了不少，要是把落到網裡的放走，我們只好喝西北風了。」

唐敖轉身向那女孩：「妳是哪裡來的人，爲什麼這樣打扮，是失足落水，還是想輕生自殺，怎麼給人從深海裡撈起來，妳告訴我實話，我才能設法救妳。」

落水的女孩聽了，不禁哭了起來，說道：「小女子就是本地君子國的人，家住水仙村，今年十四歲，小時候也讀過書，父親當官，三年前，鄰國被圍攻，派遣大使來求救，君子國的國王找我父親參謀軍機，要派兵去救應，不料失算，損失了不少兵馬，我父親也被充軍到邊遠的地方，死在異鄉，家道自此衰敗。」女孩哭訴著說：「我的母親身體不好，染病後卻又不能吃藥，一吃就吐，只能吃海參才安穩，市場上不賣海參，就是有，我家也買不起啊！我聽說海參產在深海，要是能懂水性，善於潛泳，就能採到，我找來一只大水缸，天天練習潛水，習慣水性，久而久之，能在水中潛上一整天。今天，我母親的病又加重了，我來海底採海參，沒料到竟被漁網撈住，我的性命不值錢，但是家有寡母，無人服侍，請先生救我一命，讓我回去見母親一面，來生變成牛馬，再來報先生的大恩大德。」說完，小女孩痛哭失聲，令人也跟著悲傷起來。

唐敖說道：「妳先別哭，剛才妳說幼小時讀過詩

鮒魚：鮒念ㄈㄨˋ。就是鯽魚，指小的魚。

書，那應該會寫字了？」唐敖請水手拿了紙筆來，要女孩把名姓寫下來讓他看看。

小女孩想了一想，提筆寫了一首七言絕句：

不是波臣暫水居
竟同涸鮒困行車
願開一面仁人網
可念兒魚是孝魚

（我不是海龍王的臣民，只是暫時到水中去，想不到竟像鮒魚落到乾涸的車軌裡，但願仁人君子網開一面，可憐我這網中魚的一片孝心吧！）

君子國水仙居虎口難女廉錦楓和淚拜題

唐敖接過來一看，暗暗叫奇：「剛才我聽女孩的敘述太過離奇，以爲她在騙人，所以叫她寫幾個字，試她是不是眞的讀過書，誰知她舉筆成文，就是一首好詩，可見海底取參之事，不是謊言，這女孩眞是才德兼全啊！」於是唐敖對那漁翁說：「從這詩句來看，這女孩眞是個千金小姐，也是一位孝女，我給你十貫酒錢，請你也發個善心，把這小姐放了，積些陰德。」

漁翁卻搖頭說：「她要是眞能入海採參，一定也能抓魚，我得了這股財氣，後半生全要指望她過日子，哪是十貫錢就能放她走的！奉勸客人，你少管閒事，她落在我的網裡，一切由我作主。」

唐叔的妻舅林之洋聽了生氣，罵道：「我告訴你，魚落在網裡，由你作主，但是今天落在網裡的是個人，你別睜眼說瞎話，你要是不放過她，我就跟著你，看你還有沒有心捕魚！」說著，林之洋便跳到漁船去，嚇得漁婆大哭大喊，大叫強盜要來劫船。

唐敖對那漁翁喊話，問他究竟要幾貫錢才肯放過那小女孩，漁翁不客氣的回答：「多也不要，只要百金就夠了！」

唐敖回到船艙，取了一百兩銀子，如數付給漁翁。漁翁把銀子點收過後，這才解下草繩。廉錦楓同林之洋回到大船，脫去了皮衣皮褲，就在船頭向唐敖拜謝。唐叔想送女孩回家，女孩卻又不肯，她說：「我剛才所採的海參，都被漁翁拿去，我想再下水採幾條帶回去煮給母親食用，不知恩人肯不肯稍稍等候。」

廉錦楓隨即縱身一跳，躥入海裡去，唐叔、林之洋和掌舵的師傅多九公在商船上仍擔心她的安危，三人閒談著，等了好久一段時間，竟沒看見廉錦楓浮出海面，林之洋說道：「會不會給大魚吞了，這怎麼辦呢？」

多九公找來一位擅長潛水的水手，請他下海去察看。過了不久，水手回來報告，說：「那女孩在海底和一隻大蚌打鬥，已經將大蚌殺死了，馬上就會上來，」這時，廉錦楓浮到船邊來了，身上血跡斑斑，手捧一顆珍珠，上了船，將珍珠贈給唐敖，跪拜說道：「小女子蒙恩人救命，無以回報，剛在海底取參，發現一隻大蚌，採了珍珠送給先生，請先生收下吧。」

唐敖不敢收取這麼貴重的贈禮，說：「請將寶珠取回，送給國王。」

廉錦楓說：「君子國的國王有命令；臣民如果敢進獻珠寶，除了將貢品銷燬丟棄，還要加以刑罰。我國的城門上寫的『惟善爲寶』就是這個意思，再也沒有比做

珍珠：是蚌內跑進了小砂，經過蚌的分泌物包裹，長時間累積，結成的圓珠。是珍貴的裝飾品，分天然珍珠和人工養殖珍珠（養珠）。

善事更爲寶貴的事。這顆珍珠，還是請恩人收下吧，讓我心安些。」

唐敖、林之洋和多九公陪著廉錦楓回到家中，一經問起，才知廉錦楓的曾祖父也是嶺南人，因爲躲避南北朝之亂，逃到海外，在君子國成家立業，唐敖的曾祖父是廉家的女婿，推算起來，唐敖和廉錦楓的母親是平輩表親，唐敖留下一些銀子，接濟他們，廉錦楓的母親面對恩人表親，悲喜交加，自知病體嚴重，有如風中殘燭，於是一併將兒女的一切終身大事也交代給唐敖。唐敖回到商船，談起廉錦楓的才德孝心，還眞有將這女孩聘爲媳婦的意思。

廉錦楓為報唐敖救命之恩，沉入海底帶回一顆珍珠。

第七回　黑腿國唐敖遇老師

唐敖來到元股國，也就是黑腿國。

海邊有許多元股國人在捕魚，這些人頭戴斗笠，穿一條魚皮褲，上身的膚色和常人一樣，腿腳以下卻黑如鍋底。唐敖見元股國的景色荒涼，不想下去，但是水手們都想買魚來吃，這裡魚蝦肥美又便宜，正可以大飽口福，於是大家趁水手們忙著挑魚，只好下岸遊覽。

唐敖、林之洋和多九公沿著海邊走，看見一個漁人撈起一條怪魚，這條魚有一個頭，卻有十個魚身，唐敖見了說道：「這不是茈魚嗎？聽說這種魚有蘭花的香味。」林之洋聽了，彎腰下去聞了一聞，不料卻嘔了一聲，叫道：「存心騙我的嗎？這魚的氣味比那朱草趕出來的濁氣還臭呀！」踢了臭魚一腳，魚叫出聲來，居然像狗叫一樣。

多九公說：「這是何羅魚，牠和茈魚長得很像，都是一個頭十個身子，差別在於一個芳香如蘭，一個叫聲像狗，只怪牠叫得太晚，害你聞了臭氣。」

這時，來了一位白髮漁翁，對唐敖拱手為禮，問道：「你還認得我嗎？」

唐敖看老漁翁一身裝扮和元股國人沒有兩樣，一時認不出他是誰，再一詳細看他的面孔，嚇了一跳，叫一聲：「老師，您怎麼會在這裡呢？」

奏章：從前臣子向皇帝報告事情，叫「奏」，記載事情的文件，叫「奏章」。

唐敖的老師名叫尹元，他歎息說道：「說來話長，這裡說話不方便，你到我家裡坐坐，我再告訴你。」

唐敖介紹多九公、林之洋向尹元行禮，一齊來到尹元住的地方。只見兩間茅屋，非常矮小，屋頂上的茅草都已腐爛，看起來很淒涼，因爲沒有桌椅，大家只好席地而坐。尹元說道：「我當初在朝中做御史，眼看武后廢了皇上，自己掌權，任意而爲。御史的職責，本來就是要糾正君王的缺失，所以曾經三次遞上奏章，請武后迎回皇上，武后卻毫無反應。我想，這個御史再做下去也沒有意思，就辭職回家，住了幾年，不再多管世事。誰知道，忽然有人寫了奏章控告我，說當年徐敬業先生他們起事，是我出的主意。我聽到消息，趕緊帶著一家妻小逃到外海來。但是，你也知道，老師本來就沒什麼錢財，匆忙逃難，更加艱苦，來到這地方，看大家打漁過活，日子過得不錯，也想學習打漁，想不到這裡的人不准外人分食他們的飯碗，幸好，我的女兒會編結漁網，賣給漁人，可以賺點錢，後來，鄰居看我可憐，教我們將雙腿漆成黑色，假冒本地人，又認我是他們的親戚，大家才肯讓我們捕魚，勉強可過日子。」

「原來老師是遭受迫害，流落異鄉，這和我的遭遇也差不多呀！」唐敖將自己中了進士第三名「探花」，又被取消資格的種種原因敘說一番。唐敖請問師母身體如何，要求拜見。尹元說：

「内人已去世，現在身邊只有一兒一女，你以前也都見過的。」於是叫尹紅萸和尹玉出來見唐敖。

紅萸今年十三歲，生得非常美麗，眼神清亮，嘴唇鮮紅自然，舉止端莊有禮，雖然衣服破舊，但是看來仍是優雅大方；尹玉小姊姊一歲，長得清秀斯文，相貌很好。唐敖安慰老師說：

「當年見到世弟世妹時，都還幼小，現在都已長得端莊福相，將來，老師的福氣不小。」

「我已經是六十多歲的人，還想什麼後福？只是這兩個孩子也懂得讀書上進，心裡還覺得安慰，」尹元說道：「君子國、大人國那些地方，民風善良、富庶知禮，但是我年邁體衰，搬去了又靠什麼過活呢？今天能遇見你，實在幸運，希望你將來回程時，再來看看我，如果到時候我不在人世，請你念在師生之情，把這兩個孩子帶回家鄉，也免得讓他們飄流海外。」

唐敖聽了，想了一想，忽然想起廉家有意聘請家教一事，於說接口說道：

「我知道有一安身之處，在君子國水仙村，但老師去當家庭教師，只怕覺得委屈了，」唐敖又把廉錦楓潛海採參，讓母親治病，被漁網撈起，經他解救的事告訴老師，說：「廉家母親盼望兒女多讀點書，但經濟能力並不好，只能將空屋三間供老師使用，以房租當作學費。老師要是去到那裡，可在他家開館，再招幾個學童，又有紅萸世妹精於針織女紅，生活大概也過得去。我這裡再爲老師準備一百銀兩，請老師帶在身邊，等我回程，當然會到水仙村拜望老師，那時再研究回鄉的事。」

尹元聽了很高興，對於充當家庭教師一事，非但不覺得屈就，認爲免了捕魚的風霜勞苦，兒女也可專心讀

女紅：紅念ㄍㄨㄥ。婦女所做的針線活兒，叫做「女紅」，是三從四德中四德的一項，也是婦女的一項才藝、美德，做爲婚嫁時的參考項目之一。

書，又得這位重情義的學生暫時接濟，逃難以來，還有比這更好的事嗎？

唐敖又說：「剛才，門生偶然想起廉錦楓自古少有的孝行，這女孩又長得品貌端莊、舉筆成文，可說是才、德、貌三全，門生本來有意聘爲兒媳婦，但是再看紅萸和尹玉世妹、世弟與廉錦楓姊弟比較，不但年貌相當，而且門第家世相對，眞是絕佳的兩對姻緣，門生想擅自作媒，成全這兩樁好事，要是能成全，老師在那裡，一家人也有照應，不知老師的意思怎麼樣？」

尹元說：「這當然是一件好事，多虧學生你操心了。」

唐敖請老師整理家當，他回船寫了一封書信。尹元將腿上的黑漆洗去，買了鞋襪，換了衣服，帶領兒女直接到君子國水仙村來，來到水仙村遞上唐敖所寫的書信，廉家母親良氏看見尹家這一對姊弟，十分歡喜；尹元見到廉亮和廉錦楓也非常喜愛，而兩對青春兒女似乎也投緣，於是互相納聘，約定回到嶺南故鄉再正式迎娶。

尹元於是就在廉家教這群孩子讀書，並且招了幾個學生，女孩們兼作些針織女紅，一家人的生活總算也過得平順了。

第八回　人人腳下有朵雲

唐敖乘著妻舅林之洋的商船，船行幾日，來到大人國。林之洋知道這大人國地界與君子國相連，風俗民情以及土產都與君子國相近，看來也不好作買賣，因此，約了唐敖和多九公一齊上岸遊玩。

他們走了二十多里路，遠遠看見一座山嶺，山嶺下的田野有人走動，這裡的人長得比別處的人高約二三尺，走路時，下面有雲托著，跟著飄浮，離地大約有半尺，人停住，雲也跟著不動，眞是騰雲駕霧一般。

騰雲駕霧：在雲霧中飛翔、來去自如，傳說西遊記中的孫悟空，就有這項「特異功能」。

當他們來到市中，看到每個人也是腳底下一朵雲彩，五顏六色，每個人都不一樣。只見有個乞丐，腳下浮著一朵彩雲走過來，唐敖向九公請教說：「雲的顏色，以五彩雲爲最尊貴，黑色的雲最爲卑下，爲什麼這個乞丐卻踩著彩雲呢？」

多九公說道：「從前我到這裡來，也曾打聽過這件事。大人國人民腳下的雲彩顏色，雖然有高下之分，而這些雲的顏色完全由心生，以行爲的善惡來分，與富貴貧賤無關。如果胸襟光明正大，腳下便出現彩雲；要是滿腔壞主意，腳下就會現出黑雲來，雲由足生，色隨心變，一點也不能勉強改變。但是大人國的民風淳樸，腳下踩著黑雲的人也就少見了，大家爭著做善事，怎會有黑雲呢？」

唐敖又問：「從前我還聽說大人國的人民，個個身高有幾丈，爲什麼看來並不比我們高多少呢？」

多九公笑道：「身長幾丈的是長人國，並不是大人國，大人國因爲人民無小人習氣，和身高如何並沒關係。『大人』和『長人』是完全不同意思的。」

這時，他們忽然看見街上的行人急忙向路旁閃避，讓出一條大路來，原來有位頭戴烏紗帽，身穿圓領，罩著紅傘的官員走過，侍從前呼後擁，這官員的派頭極有威嚴，奇怪的是，在他腳下圍著一塊紅布，怕人看見他腳下的雲色。

唐敖覺得怪異，問多九公，多九公低聲說道：「這種人，因爲腳下生一股惡雲，顏色不黑不白，接近灰色，這叫『晦氣雲』，凡是生這種雲色的人，必定是做

烏紗帽：做官人戴的帽子，是用黑色的紗做成的，所以叫「烏紗」帽。

了虧心事，別人雖然被他瞞騙了，這雲卻不留情，教他在人前現醜。這官員雖然用紅布遮掩，但掩得了一時，掩不了永久；掩得了別人，掩不了自己的眼睛。不過，好在色隨心變，只要他痛改前非，一心向善，他的『晦氣雲』也會變成『五彩雲』。」

林之洋忽然歎息說道：「原來老天做事也不公平！」

唐敖嚇一跳，反問爲什麼說老天不公？林之洋說：「老天只將這雲生在大人國，別處都不生，假使天下人都有這麼一朵雲色招牌，教那些不明道德、專做虧心事的人，兩腳下都生一朵黑雲，在人面前現醜，這不痛快嗎？」

多九公卻說：「世間那些不明道德的人，腳下雖然沒有出現黑雲，但是他們頭頂上卻黑氣衝天，我們也許看不見，但老天看得見；善人給他好路行；惡人給他壞路走，自有一定的道理！」

大人國的人民腳上踩著雲朵。

第九回　走出迷魂陣

唐敖、林之洋和多九公乘著貿易船，接連又來到了幾個奇特的國家。

無繼國的國民沒有男女之別，所以從未生育，當然也就沒有後代子孫。這裡的人死後屍體不會腐壞，過了一百二十年，又能再生，活了又死，死了又活，所以國中的人，永不減少。

多九公說：「他們雖然知道死後還能重生，對於爭名奪利、榮華富貴卻一點也不看重。因爲他們體會到人生不過是一場春夢，就算死後復生，但是一百多年後的一切人事物都已變遷，又是另一世界，一切再重頭來一遍，等到拼出一點成績，不知不覺又是老年，要向閻羅王報到了。所以，他們把活在世上稱爲『做夢』，死了說成『睡覺』，把生死看得透徹，爭名奪利之心也就淡然了。」

林之洋說道：「要是這樣，我們這些人豈不都是傻子？他們死後還會再活，卻對爭名奪利、榮華富貴一點也不看重，我們這些註定要死，一點希望也沒有的人，反而要錢要名，爭得你死我活，眞要被無繼國人笑死！」

唐敖頓時大悟，感歎道：「人世間的名利場，原是一座『迷魂陣』，人在迷魂陣中吐氣揚眉，洋洋自得，

迷魂陣：像迷宮一樣的陣式，人進去以後就不容易出來。

有誰能將他的想法扭轉過來，看來不到『睡覺』，絕不甘休，只有到了雙眼一閉，兩腿一伸，才曉得從前的爭奪都是枉費心機，不過是做了一場春夢罷了。人要是能看透這一層意義，爭名奪利的心固然一時還不能打斷，但各事略爲看破，退後一步，忍耐三分，也就免除了許多煩惱，少了無限風波，這樣做，不單是處世良方，讓無繼國的人看見，也不會太對不住了。」

唐敖繼續遊歷，看過由吝嗇之人投胎轉世的毛民國，這裡的人渾身上下生了長毛，省得他們「一毛不拔」；深目國的人，臉孔上沒有眼睛，高舉著一隻手，手上生出一隻大眼，可以上下左右的看，說是「眼觀六路，耳聽八方」，深目國的人小心謹慎，原因是人心難測，不這樣看，看不清楚；靖人國的人，身高八九寸，

一毛不拔：比喻吝嗇的意思。像鐵做的公雞一樣，一根毛都拔不下來。

專説反話，明明是甜的，他偏説是苦的，鹹的説成淡的，出外總是三五成群，手持器械防身，怕給大鳥攫走。

有一天，當他們路過一座廣大的桑林，看見許多生得十分嬌豔的婦女，以絲綿纏身，棲息在桑林內，有的吃桑葉，有的口中吐絲。

多九公説：「這裡接近北海，名叫『嘔絲之野』，這些婦人叫『蠶人』。」林之洋看見了，大爲高興，説道：「這些女子都生得嬌滴滴，我帶幾位回去作妾，又會吐絲，又會生子，還有比這個更好的嗎？」

多九公説：「你想討她們作妾，要是讓她們性子發作，吐出絲來，把你身子纏住，你擺脱不開，恐怕還性命不保哩。你去問問，這裡的男人，那個不是死在她們手裡！」

當他們來到長人國，遠遠便先望見一座峻嶺般的城牆，唐敖看見七八丈高的巨人，嚇得跑回船。

多九公說：「這裡的巨人還不算高大，他們的腳面比我們腹肚高，要是和眞正的巨人比較，他們也不過在那些巨人的腳面而已。」多九公笑說：「我曾經在海外和幾位老翁閒談，各說生平所見的巨人。其中有位老翁說：『我看過的一個長人，身長千餘里，腰寬百多里，一天喝酒五百斗，名叫——無路』；又有一個老先生說：『我看過的一個巨人，單講他身上穿的那件長衫，不但天下的布都被他買光，連所有裁縫師傅也統統請了來，做了好幾年，才把一件長衫給做好。其中一個師傅在長衫底襟偷了一塊布，後來將這布開了一家大布店，剛風：非常強烈的大風。

放棄了本行，改做布行生意，你說這個長人身高多少？這大巨人連頭帶腳，不長不短，正好十九萬三千五百里。』大家都問說：『怎麼算的這樣詳細？』老翁回答：『古人說從天到地，正好是這個高度，這大巨人恰恰頭頂天，腳踏地，不就是這個長度嗎？而且，這巨人不單是個子高，而且還生了張愛說大話的大嘴巴哩！』大家又問：『不是說天上的剛風最凌厲，自不量力的鳥飛過，都會化作天絲，這巨人的臉，怎麼吹不壞呢？』老翁說：『這人的臉皮厚，怕什麼風吹！』」

唐敖聽這吹牛皮的笑話，固然覺得好笑，但是親眼看見七八丈高的巨人，卻仍然驚魂不定，不敢多停留。

第十回　女學塾驚魂記

貿易船在黑齒國靠岸，唐敖約了多九公上岸遊玩，林之洋自己帶了許多脂粉，先賣貨去了。

黑齒國的人不但膚色如墨，連牙齒也是黑色的，只有嘴唇鮮紅，再加兩道紅眉毛，他們偏愛穿紅衣服，顯得整個人更黑。

多九公說：「我經過這裡好多次，因爲這裡的人面貌可憎，想來語言也就乏味，因此從未上岸。我們上岸舒鬆筋骨，別寄望這裡會有什麼值得一看的風景和能夠交談的人。」唐敖連連點頭，對這些黑人不敢恭維。

市場上人來人往，非常熱鬧。語言也還能聽懂。唐敖和多九公邊談邊走，來到一個十字路口，旁邊有一條小巷，兩人信步走了進去，看見一家門口貼著「女學塾」的字條，門內走出一個老人，把唐、多二人看了看，問出他們來自異鄉，熱誠邀請他們進去喝茶。

進門看見兩位女學生，十四五歲模樣，一個穿紅衣，一個穿紫衣，唐敖仔細看了看，看她們的膚色雖黑，但朱眉秀目，櫻桃小口，長長的秀髮，襯出一股靈秀之氣；女學生捧茶出來，又進去了。

老先生重聽，大家拉開嗓門，才把姓名和來歷介紹清楚。老先生姓盧，是黑齒國有名的老秀才，今年八十歲了，只招幾個女學生教讀，以維生計。因爲，黑齒國每十年考試一次，讓會寫文章的少女報考，成績最好的，須給才女的匾額，父母親友都有光彩，所以，女孩子讀書的風氣很盛，絕不輸給男人。盧老先生順便介紹兩位女學生，說：「這位穿紫衣的是我的女兒，那位穿紅的姑娘姓黎，學習的成績不錯，希望參加明年大考，現在加緊用功，如今遇到兩位從天朝聖人之國來的大學者，請多加指點，千萬不要推辭。」

多九公說道：「不知二位才女有什麼問題？老夫我的學問，雖說不十分精通，對於目前的文章義理，大約也懂得一二。」多九公心想：這些外國黑女，年紀小，又是女流之輩，不知有沒有一二可談哩。他聽唐敖一直推辭，自稱拋開書本已久，恐怕不能回答，還說：「尚望指教」，不覺鼻孔哼了一聲：「唐兄何必如此謙虛，未免把他們看得過高了！」很不以爲然。

四書五經：四書是指大學、中庸、論語、孟子四部古書；五經是指易經、詩經、書經、禮經、春秋等五部古經書。

兩位黑膚少女於是提出四書、五經、聲韻、字義方面很多問題，這些問題，無法從前人書本找到答案，必須博學旁通，更有獨到見解才能回答。見多識廣的多九公幾次勉強回答，漸漸招架不住，答不出來了。

兩位黑膚少女的態度也就越來越不客氣，露出諷刺的意味，多九公急得臉孔發紅，恨不得有地洞可鑽。

盧老先生一直坐在後面角落看書，耳朵重聽，並沒聽見他們的談論。當他抬起頭來，看見多九公臉上紅一陣、白一陣，額頭不斷冒汗，以爲多九公怕熱，趕緊遞給他一把扇子，說道：「我們這裡酷熱，你剛來，恐怕不習慣，請略爲搧搧，慢慢再談，別熱出病來；你們是出外人，身體要保重。你看，這汗水還不止呢！這怎麼辦呢？」又拿毛巾給多九公擦汗，說：「上了年紀的人，身子比較虛，受不住這種熱，可憐！可憐！」

多九公給兩位黑姑娘問得辭窮，坐也不是，走也不是，身上有如針刺，想不出辦法來，唐敖在一旁，也暗捏冷汗，甚覺無趣。

盧老先生又說：「您大概是平常多吃了麻黃，所以容易出汗，」老先生又奉上兩杯茶水，多九公捧著茶杯，自言自語說道：「他說我吃麻黃，那知我在這裡吃的是最苦的黃連！」

正在為難時，忽聽門外有人喊道：「請問女學生要買脂粉嗎？」原來是林之洋提了貨物包袱進來，多九公和唐敖看了大鬆一口氣，趁勢起立，茶也不喝了，也不讓林之洋賣脂粉，趕緊向盧老先生告辭。

三人走出小巷，來到大街，林之洋細看他們兩個，

麻黃：是植物的一種，莖部可做為中藥。「麻黃」是由麻黃草提煉製成，是治氣喘病的特效藥，必須依醫生指示服用，不可亂用。

黃連：是多年生的草本植物，根部可做為中藥，有解毒的功效，味道非常苦，所以有「啞吧吃黃連，有苦說不出」的俚語。

舉止慌張，臉色很難看，問道：「發生什麼事，給嚇成這個樣子？」

多九公和唐敖喘了幾口大氣，把冷汗擦了擦，唐敖把經過略說一遍，又說：「我從來沒看過這等學問淵博的才女，而且伶牙俐齒，能言善辯。」

多九公說道：「學問淵博也就算了，可怕的是絲毫不肯放鬆，竟在學問對談間把我罵得好慘，這個虧吃了不小，我活到八十多歲，今天遇上的悶氣是頭一回，不過，想來想去，也只有恨自己從前少讀十年書，怪自己明知做學問沒有下過深功夫，也和人家談文章！」唐敖說：「要不是舅兄前來相救，我們眞走不出門哩！舅兄是怎麼靈光一現，趕得這麼巧，也到這女學塾來的？」

林之洋說道：「我帶了脂粉上來做買賣，誰知這裡的女人反覺得搽脂抹粉越擦越難看，都不肯買，把錢都拿去買書了。黑齒國的風俗是這樣，他們看人的貴賤，不以貧富區分，而以才學爲準。就是女孩，也這樣，年紀大了，有了才名，才有人上門說親。我提這脂粉包袱，沒生意可做，正要回船，經過這家女學塾，想進去碰碰財氣，沒想到話還沒說一句，茶沒來得及啜一口，就給你們拉出來了，原來你們被兩個黑女給難住！」

唐敖說：「我約多九公上來，原想看看這裡的人究竟黑醜成什麼德性，誰知只顧得說文學，她們的醜還沒看清楚，倒是被她們把我們一肚子的醜看光了。」

多九公說：「起初如果充當門外漢，讓他們去談，我也不會出醜，無奈我太大意，結果露出馬腳來，沒得補救。偏偏那老先生又是個半聾子，不然，拿這老秀才出出氣，也可解解悶氣。」

唐敖不敢同意，說道：「據我來看，幸好這盧老先生是個重聽的人，要是他耳聰目明，我們恐怕要吃更大的虧。你看他的學生尚且如此，何況是老師。固然也有『青出於藍而勝於藍』的情形，但盧老先生終究是她們的啓蒙師，何況穿紫衣的少女還是他的女兒，學問也不會相差太遠。要是以尋常老秀才看待盧老先生，這又是以貌取人了。世上的人只知『紗帽底下好題詩』，那曉得草野之中還有許多大儒呢！」

三人回到市街中心來，唐敖這時才仔細打量黑齒國人的面貌。這時一看，只覺得個個滿臉書卷秀氣，風流儒雅的氣質都像從黑皮中透出來，回想那些脂粉氣的人，那才眞叫醜陋。唐敖說：「我們三人夾在這些人之

青出於藍而勝於藍：比喻學生的學識超過自己的老師，語出荀子：青取之於藍，而青於藍。

小楷：字體很小而端正的楷書。俗稱「小字」。

間，被書卷秀氣四面一襯，只覺得自己面目可憎、俗氣逼人，等著讓他們恥笑，不如我們趕快溜吧！」

多九公拿出盧老先生那把扇子，散開一看，扇面寫著古人的詩文，用的是工整秀麗的小楷，署名是黎紅薇、盧紫萱，想來就是那兩位少女的芳名。

多九公忽然想到，「這兩個黑女既然這麼善書能文，爲什麼她們學塾中的書架上卻沒放什麼書呢？如果她們詩書滿架，我見了自然會有防備，也就不會自討苦吃了！」

林之洋說道：「這可容易了，要是書架擺得滿滿的，就能充當有學問的招牌，我這趟回去也要多買幾擔書，擺在桌上做陳設了。」

唐敖說：「拜託舅兄，千萬別做這種事，看我們今天的遭遇，還不夠淒慘嗎？」說了一句，回頭找多九公，發覺他不見了。兩人等了好久，才見多九公從城內走回來，原來，這多九公專程去打聽黑齒國的讀書人，爲什麼藏書甚少，而學問又如此淵博，他得到答案，說道：「黑齒國的書籍，大多是從我們中國銷來的，可是，書到君子國、大人國便給買得剩餘不多，想得到一本書，不知要費多少力氣，只有輾轉借來抄寫，偏偏這裡的人又絕頂聰明，書更不夠讀了。黑齒國的人，見到路上有錢也不撿，只是見到書，壞毛病就犯了。所以這裡的人把竊物之人叫做『偷兒』；把偷書之人叫成『竊兒』；借物不還的叫『拐兒』；借書不還的叫『騙兒』，家裡有書的人，都將書籍藏在內室，不輕易亮相出借，哪像我們有幾本書也擺在醒目的地方。」

三個人邊走邊說，回到貿易船，多九公想起在兩位黑姑娘面前受窘的事，仍心有餘悸，林之洋想出一招，說道：「想不到海外竟有這麼厲害的姑娘，將來到了女兒國，更不知她們有多厲害？好在我肚子裡本來就沒裝幾本書，她們如果要和我說文章，我一概回她們一句『不知道』，任她們說得天花亂墜，我還是『不知道』，這無論如何是不會出醜了。」

多九公笑道：「要是女兒國的姑娘看你說也不說，強要你留下來，你怎麼辦？」

「那時，只有靠你們『以德報德』去救我了。」林之洋說：「多九公，您自己何不就在女兒國住下呢？」

「我如果留下來，誰替你們掌舵呀！」多九公即刻將船開離了黑齒國。

天花亂墜：形容一個人說話能言善道，且用詞非常華麗動聽。

多九功在黑齒國遇上兩位博學的女學生。

第十一回　連珠槍救命

白民國境，有一座高峰，山色秀麗，名叫麟鳳山，自東到西，有千餘里長，是西海第一大山。山內花果樹木茂盛，林內深處有一隻麒麟和一隻鳳凰，麒麟在東山，所以東面五百里有獸無禽，西面的鳳山，五百里內有禽無獸，倒像壁壘分明，各守疆界似的。

這一天，貿易船來到麟鳳山的山腳下，唐敖聽見船艙外半空中吵吵鬧鬧，彷彿人喊馬嘶，趕了出來一看，只見無數大鳥，密密層層，飛向山中去，於是通知林之

麒麟：念ㄑㄧˊ ㄌㄧㄣˊ。古人傳說的一種罕見野獸，比鹿大，尾巴像牛，蹄像馬，獨角，背上有五彩的毛；是「仁獸」，有聖人出現的時候，牠才會現世。

洋和多九公，三人帶了器械，離船上岸，想去看個明白。

一路上，許多羽毛五彩燦爛的小鳥飛來飛去，鳥啼輕脆悅耳，讓人神清氣爽。忽然聽見一聲拔尖的鳥鳴，大家順著聲音望去，並沒見蹤影。唐敖說道：

「多九公，你看，那邊有棵大樹，樹旁圍著許多飛蠅，上下盤旋，這聲響好像從樹中發出的。」

三人朝樹上望了一望，又不見有什麼禽鳥，只覺得鳥叫聲更爲響亮。就在這時，林之洋忽然抱頭亂跳起來，叫說：「我的耳朵震破了！」唐敖和多九公都吃了一驚，林之洋又說：「有隻蒼蠅在我耳邊飛，我用手把牠按住，誰知牠大喊一聲，就像打雷一般，把我震得頭暈眼花。我趁勢把牠抓住了，你們看！」那隻飛蠅大吼

鳳凰：古人傳說代表祥瑞的鳥，雄的叫鳳，雌的叫凰。

大叫，叫得三人都受不了。

多九公看清了這隻「飛蠅」，紅嘴綠毛，形狀像鸚鵡，説道：「這不是飛蠅，也不是蜜蜂，牠的名字叫『細鳥』，元封五年（漢武帝，西元前一一〇年左右），勒畢國曾用玉籠進貢了幾百隻，身形雖如大蒼蠅，但聲如洪鐘，可傳到幾里外，想不到今天讓我們親眼見到了，眞難得呀。」

林之洋掏出一張紙片，捲成一個圓筒，輕輕把細鳥放進去，要帶回船上給大家見識見識。

忽然，東邊山上好像有千軍萬馬一齊奔來，地動山搖。三人連忙躲到林木深處，偷偷看。原來是一群野獸，由青毛獅子領隊，另一群野獸則由獨角麒麟帶頭，一隊跑、一隊追，兩群野獸，大多血跡斑斑，似乎剛才已經激戰過一場，現在又追趕到這裡，準備再決一勝負。

唐敖、林之洋和多九公正想好好旁觀這一場千載難逢的群獸大戰，沒想到林之洋手上的那隻細鳥忽然大鳴大叫起來，林之洋趕緊兩手亂搖，想讓牠住口，細鳥卻不肯歇住。獅子聽見，都揚起頭來，大吼一聲，帶著許多怪獸，回頭來追捕他們。

林之洋放了手中那隻細鳥，跑得氣喘吁吁，多九公喊道：「林兄，還不放槍救命，你要等到何時？」

林之洋連放了兩槍，卻像火上加油，獅子們追趕得更加起勁。林之洋嚇得放聲大哭，邊跑邊說：「想看熱鬧，現在要成爲牠們的腹中物了。人家說秀才最酸，獅子如果怕酸，妹夫和多九公也許可以躲過這場災難，我可慘了，不知牠們有腸無腸，希望能像無腸國人一樣，一通就過，我可能還有命，要不然，我是死定了！」

唐敖只顧往前跑，回頭一看，一隻大獅子正張口向自己撲來，心慌意亂間，叫了一聲「不好」，拚命一跳，竟飛到半空中。野獸們只好轉向林之洋和多九公撲去，兩人分左右向兩方亂跑，正在危急關頭，忽然聽到山崗上呱喇喇一聲巨響，一道黑煙，比箭還快，對準青獅子射過去，獅子應聲倒地，一動也不動了，群獸一齊圍過來看，緊接著又是幾聲巨響，就像急雨一般，群獸倒了一地，沒死的，四散奔逃，一下子全跑得無影無蹤。

這時，唐敖才從半空中落地，林之洋跑過來說：「妹夫吃過躡空草，能飛去半空躲避，竟把我們撇在地上，幸好有神槍救我們一命，要不我和多九公這回可變成青獅子肚裡的『濁氣』了！」

「我也想抱你們往上跳，可是你們離得太遠，獅子又跟在我後面，哪裡還能等？」唐敖解釋說：「說來說去都怪大哥要帶那隻細鳥回去，剛才如不是牠亂叫，也沒這等危險事。」

多九公說道：「老命撿回來，都要謝謝那個神槍手。剛才那手連珠槍實在厲害，要是沒這麼高明的槍法，哪裡趕得走這群野獸？我們趕快找到那位神槍手，好好向人家道謝。」

話剛說完，從山坡走來一個獵人，全身青布衣褲，肩上扛著鳥槍。等獵人走近，唐敖看他生得眉清目秀，脣紅齒白，年紀不過十四五歲，雖然一身獵裝打扮，但

連珠槍：可以一連發出多發子彈的槍。

覺得非常文雅。

三人自我介紹，並向壯士致謝救命之恩，獵人說他姓魏，中國人，因爲避難來此，以打獵爲生。

唐敖忽然想起：當初結拜弟兄中有位魏思溫，最會用連珠槍，這年輕人莫非就是他的兒子嗎？於是開口問道，並把當年結拜和被貶的事說了一遍。

這少年獵人趕忙下拜，說：「原來是唐叔叔到此，姪女不知，請原諒恕罪。」

「姪女？你是女孩子？」

「姪女叫紫櫻，有一位哥哥叫魏武。當年，父母帶領我們逃到這裡來，就在這山中找了房子住下。山裡有隻猛獅，常和麒麟爭鬥，把農田都踩壞了，還時常出來傷人，附近的居民無可奈何。而這隻猛獅非常狡猾，眼力甚好，一般獵人根本打不到牠。父親會使用連珠槍，被聘請來打獅子，這些年來打殺了不少頭。父親在前年去世後，我哥哥繼承父業，可是他身體虛弱，時常生病，我只好女扮男裝接下這個工作，以養活母親。剛才聽說群獸大戰，我正預備出來獵獅，沒想到在這裡遇到唐叔叔。當年我父親曾留有一封遺書，要我兄妹日後投奔嶺南託叔叔照應，這封遺書現在家中，請叔叔過去看看，以便獻茶。」

「多年沒見嫂嫂，當然要去拜見，只是沒想到思溫哥哥竟然已經去世，不能再見一面了！」

三人隨著紫櫻越過山頭，向魏家走去。唐敖想著；自從做了那個奇夢以後，我一路上都在仔細尋訪名花，誰知到今天，一種花也沒發現，倒是常遇見這些奇特的少女，不但個個貌美如花，而且都有好功夫，我又偏偏和她們都有淵源，這麼多湊巧的事，眞是想不通呀。」

不多久，到了魏家，只見四處懸掛著弓箭。魏夫人和魏武很快迎出來，大家行禮坐下。唐敖看魏武果然滿臉病容，身體很弱。紫櫻將父親臨終前的書信拿出來給唐敖看，信中寫的意思也是「請念結拜情誼，照應家人」，唐敖想到故人凋零，心中難過，忍不住長歎。

魏夫人說：「自從丈夫去世，本想帶兒女回鄉去投奔叔叔，但不知國家情況如何，恐怕自投羅網，又因爲這裡鄉人擔心野獸爲患，再三挽留，才又耽擱下來。但長久住在這荒山野地，畢竟不是辦法。除了叔叔，我們也沒有別人可以請託，請念在與我丈夫結拜之情，將來能多提攜，讓我們回到家鄉去。」

唐敖說：「朝廷緝捕的事過了十多年，已經淡了，將來我從海外回來，自然奉請嫂嫂和姪兒女一齊回鄉，何況，今天姪女的救命大恩，我們永生難忘。嫂嫂請放心。」

唐敖又問日常生活費用有無問題？原來這些年，魏家因替地方驅除猛獸，很得大家愛戴，大家的供給很優厚，衣食之外，還頗有積蓄，唐敖知道了，這才放心。唐敖還將隨身帶著的碎銀子送給魏紫櫻買些脂粉和零用。請魏武帶路，到魏思溫墳前祭拜一番，才告辭回船。

第十二回　白民國的虛假文人

第二天，唐敖一行人來到白民國。林之洋帶了綢緞、海產之類的貨物去做生意，唐敖又和多九公上岸去閒逛。

白民國的土壤是白土，小丘嶺是白礬石，田中種的蕎麥也正開著白花，在田裡工作的農人清一色也是白衣。走進城裡，看城牆是白玉砌的，橋梁是白銀打造的，街旁的房舍、店鋪也是雪白的牆壁。

玳瑁：念ㄉㄞˋ ㄇㄟˋ。是一種龜類，性情粗暴，肉非常臭，背甲是黃褐色，可以做成眼鏡框或裝飾品、菸斗等，質地堅硬，不易碎。

市場上人來人往，熱鬧得很，不論男女老幼，大家都穿白衣、白帽，打扮非常素淨，而且都是綾羅質料，用香料薰過，手腕上戴著金鐲，身上掛著玳瑁小刀，雙飛燕的汗巾，還叮叮噹噹的佩掛著翡翠瑪瑙的玩器。市場的貨物應有盡有，滿街滿巷，飄著酒肉的香味。

唐敖看得讚不絕口，說道：「這麼漂亮的人物，又懂得穿著打扮，海外各國，大概以白民國人最出色了。」

這時，林之洋和一位水手從綢緞店出來，滿面笑容的說是賣了許多貨物，利潤又好，剩下幾件腰巾、荷包的零星東西，要到前面找個大戶人家賣了，回去請大家吃喝一頓。他將水手差遣回船，自己跟著唐敖和多九公進到前面巷子，林之洋說：「好了，前面那個高大門樓，想必是大戶人家。」

走近門樓，迎而出來一位英俊的小伙子，林之洋順便問道：「我這裡有很精緻的日用品，不知府上要不要添補一點？」

「請進來吧，既然是好東西，我們老師大概會買。」

三人抬頭一看，看門旁貼了一張白紙，上寫「學塾」兩個大字，大家都嚇了一跳，以爲來錯地方。唐敖向多九公說：「白民國的人長得清秀英俊，他們天資聰慧，飽學多聞是可以想見的，我們進去，要比在黑齒國加倍小心才好。」

林之洋看他們兩人緊張，怕又再出醜一次，於是笑說：「留意什麼，照我的想法，要是他們想說文說藝，

學塾：古時候沒有正式的學校，都是設在老師家中的小型教學場所。

我們一概回答『不知道』，這不就成了嗎？」

三人來到廳堂，裡面坐著一位年約四十歲的老師，戴著玳瑁邊的眼鏡。四、五個二十歲左右的學生，一個個相貌斯文英俊，衣著光鮮。廳堂內詩書滿架，筆墨如林，懸掛一塊「學海文林」的玉匾，兩旁的對聯，寫著：

研六經以訓世，括萬妙而爲師

唐敖和多九公見到這排場，不但腳步放輕，連大氣也不敢喘一下。唐敖輕輕說：「這才是大國風範，與眾不同，相形之下，我們又覺得有些俗氣了。」小心謹慎，進了廳堂也不敢冒昧行禮，只好站立一旁。

那坐在上面的老師，把他們三人看了看，望著唐敖抬手，說道：「來，來，那個書生走進來。」

六經：詩、書、禮、樂、易、春秋六部古經書的總稱。但因樂經遺失了，所以只剩五經。

唐敖聽見自己被一眼識破「書生」的身份，更是大吃一驚，趕緊說：「我不是什麼書生，我是個商人。」

那個老師笑說：「你頭戴讀書人的頭巾，爲什麼說不是書生，難道怕我考你嗎？」

「我小時候雖然讀過幾年書，但做了幾年生意下來，讀的幾句書早忘光了，」那個老師硬不相信，堅持要出題考他一考，這時，林之洋居然又說：「他從小讀書，曾中過探花，怎麼不知文墨呢？」唐敖聽了，暗暗頓腳，心想：這妻舅存心要我難堪了！

林之洋緊接又說道：「我對老師說實話吧，我這個妹夫，學問是不錯的，不過，自從得了功名以後，就把書籍拋到九霄雲外了。幼年讀的什麼『左傳右傳』、『公羊母羊』，連那些平日做的打油詩、放屁詩，零零碎碎全都和白米飯一起吃掉了，現在肚子裡只剩下買賣的賬本和價錢，您要是考他打算盤這倒是成的。」

那個老師說：「是這樣嗎？好，他既然全忘了，那個老頭可會做詩？」

多九公被指名後，也趕緊否認。

「原來你們三個都是俗人，」那老師於是說道：「但是你們若肯在這裡住兩年，我倒可以指點指點，不是我誇口說，我的學問，只要你們稍爲領略，就夠你們終身受用，將來回鄉，有了文名，不只近處朋友都來拜訪，只怕還『有朋自遠方來』哩。」

林之洋說道：「豈止是『自遠方來』，而且心裡還『樂乎』哩。」坐在廳堂上方的老師聽了，大吃一驚，站起來，將玳瑁眼鏡拿下，取出一塊雙飛燕的汗巾，把眼睛擦亮，對著林之洋好好打量了一番，說：「你既然懂得『樂乎』，明明懂得文墨，爲什麼故意騙我自己是個草包？」

「我是無意碰上的，至於什麼出處，我實在不知。」

「你明明是個『通家』，一肚子好學問，爲什麼要這樣推辭呢？」

林之洋看老師當眞起來，這下子著急了：「我如果騙您，我敢發誓，教我下輩子變成老秀才，從十歲進學活到九十歲，不離書本。讓我每三年參加一次會考，考得焦頭爛耳。」

老師沒辦法了，只好仍舊回坐，說道：「你們既不曉得文理，又不會作詩，沒什麼可說的，光是站在這

會考：許多地方的人聚集在一起參加的考試，叫做會考。

裡，要是這個俗氣四處傳染，把我的學生給染上，我要再花多少工夫才能將他們陶冶過來？你們先退到廳外，等我把學生今天的課業教完，再來看貨。」

三個人只好慢慢退出，站在廳外，唐敖心裡還在撲通亂跳，怕那老師心血來潮又要和他們談詩文，接著多九公要離開，讓林之洋一人等著做生意去。

就在這時，忽然聽見課堂內書聲琅琅，師生一齊唸道：「切吾切，以反人之切。」；「永之與，柳與之與。」；「羊者，良也；交者，孝也；予者，身也。」

這些詩文，唐敖和多九公從來沒唸過的，似乎句句古奧，唐敖捏把冷汗，說道：「多老公，今天幸好沒和他說文，你聽聽，這些詩文，誰見過呢？要不是黑齒國的前車之鑑，我們加倍留神，這下子我們又要吃虧

前車之鑑：指做事應該以過去的失敗為鑑戒。語出漢書：前車覆，後車戒。

了。」

課堂內誦讀完畢，有個學生出來招呼，說老師要看貨了，林之洋提著包袱進去。唐敖和多九公等候多時，原來那老師買了貨，在那裡頭評論貨色。唐敖趁機走進書館，把學生的書翻了翻，又看了兩篇文章，連忙又退了出來。

唐敖說道：「我們今天吃的虧，才眞不小，我只當他學問淵博，所以一切恭敬，那知全被唬了，他們根本不通！你猜猜那句『切吾切，以反人之切』是個什麼句子？我偷偷一看，誰知他把『幼』字和『及』字讀錯，原句是『幼吾幼，以及人之幼』。那句『永之與，柳與之與』是『求之與，抑與之與』。那『羊者，良也；交者，孝也；予者，身也』他也只認了半邊，原句是孟子

煎湯：許多中藥必須經過加水煎煮的過程，藥效才能發揮出來，煮好的濃縮汁即可服用。

的『庠者，養也；校者，教也；序者，射也。』」唐敖懊惱不已，說道：「我們開口閉口，自稱晚生，罰站了半天，聽他吹牛、教訓，越想越慚愧！」

林之洋說道：「『晚生』兩字，也沒什麼卑微。就當他是早晨出生，你是晚上出世的；要不他早生你幾年，你後生幾年，都算晚了。你們今日平安回來，又沒有勞神，也沒有出冷汗，比起在黑齒國，也算體面了。」

唐敖忽然看見有個小孩牽著一頭異獸走來，這怪異的走獸形態像牛，但戴帽、穿衣，有模有樣的。多九公認得這隻「藥獸」，說是人若有病，對藥獸詳告病情，這走獸便會到野外採草藥來，病人搗汁飲用，或煎湯服用，沒不見效的。要是病情深重，一帖不能見效，第二天再來告知病情，藥獸會再採草藥來，或添一、二樣青草，保證有效。」

林之洋說道：「原來牠會行醫，怪不得穿衣戴帽。請問多九公，這走獸不知可曾曉得把脈，可曾讀過醫書？」

「牠不會切脈，也沒讀過醫書，大概略懂得幾樣藥味。」

林之洋對這藥獸破口大罵：「你這厚臉皮的畜牲，醫書也沒讀過，又不懂脈理，也敢出來看病！」

「你罵牠，要是被牠聽見，準備了苦藥給你吃，你有得受了。」

「我又不生病，爲什麼吃藥？」

「你雖然沒病，吃了牠開的藥，包管會生出病

把脈：中醫診治病人的時候，所用的方法之一，是把食指和中指合併，輕放在患者手腕內側的腕動脈上，經由脈的強、弱、深、淺和頻率，來判定疾病的種類和嚴重性。懷孕的婦女亦可經由把脈得知是否懷孕。

來。」

三個人指東罵西，說說笑笑，回到船上，準備了酒菜，痛快喝了幾杯，才稍稍消氣。

白民國的人一副很有學問的模樣，其實全是草包。

第十三回　流落異鄉的老友後代

唐敖、多九公和林之洋三人來到淑士國，選了一家酒店吃點小菜。淑士國人不分士農工商，個個都穿儒服，人人爭著參加考試，以免被人喚作「游民」，連酒保說話也這樣「之乎者也」的故作斯文，聽得林之洋十分受不了，草草吃了些東西，走出酒店，來到市中心。

只見許多人圍著一個十三四歲的少女觀看，這少女皮膚白皙，長像清秀，站在人群中哭得非常悽慘。一個

之乎者也：這四個字都是文言文用的語尾助詞，白話文中不用，所以形容人說話喜歡講古文，則說他「滿口之乎者也」。

駙馬：公主的丈夫，叫做駙馬，也就是皇帝的女婿。也有人叫做「駙馬爺」。

老人說：「這樣一個少女，教她天天拋頭露面，在這裡站了幾天了，也沒一個人肯發慈悲心，實在可憐哪！」

唐敖向前問原因，老人說：「這姑娘本來是皇家的宮女，公主出嫁，她也跟到駙馬家去，前幾天，也不知什麼事觸怒了駙馬爺，叫人把她帶出來賣掉，不論多少錢都沒關係，可是我們這裡的人看錢如命，而駙馬爺現在又掌兵權，殺人如同兒戲，誰敢沾惹這件事呢？這個無父無母的孤女已自殺過好幾次，都被看守的人救活，生死不能，天天站在這裡哭，你們如果肯花錢買她回去，也算做好事，發個慈悲心吧！」

林之洋對唐敖說：「既然這樣，你何不買她回去，帶到嶺南老家陪外甥女呢？」

唐敖想了想，說道：「要是她有親屬，我出錢買了

買賣契約書：買方和賣方在達成一項買賣時，所寫的一份載明雙方權利、義務付款方式、違約罰則等內容的文件。

間諜：埋伏在敵方的人，把敵方的一舉一動，告知本國的人，好做為應變的參考。

她，讓親屬帶回去，這倒是可以。」老人卻插嘴制止：「這可不行，駙馬爺有命令，哪個親屬敢領她回去，也要一併治罪的。」

唐敖只好出了十貫錢，交給老人，向看守的人要了張買賣契約書，把少女領了回來。

回到貿易船上，唐敖問這少女名姓，少女說她叫司徒蕙兒，父親曾當領兵副將，死在戰亂，她曾被一個中國人叫徐承志的訂過親，但是來到淑士國投效軍隊後，因駙馬爺看他勇敢過人，任他做隨身護衛，卻又懷疑他可能是外國間諜，時刻提防。把她許配給徐承志，表示恩惠，又不能完全信任，把結婚的日子一再拖延。

司徒蕙兒拜唐敖為義父，因此敢將自己的底細說出來，她說：「我想我的未婚夫從中國走了幾萬里路到這裡來，一定有什麼原因，想打聽清楚，卻一直沒有機會。去年冬天，終於找到了機會，到他房間去，偷看到一封血書，才知他是中國的忠臣徐敬業的兒子，避難到我們淑士國來的。他是我的未婚夫，我當然關心他的安危，想到駙馬爺的凶暴殘忍，如果有一天讓他發覺來歷，必有大禍。今年春天，我偷偷跑去勸他，趕快離開了，另找機會，這裡不是可以長住的地方。哪曉得徐承志竟然將我的話，全部告訴駙馬爺，害我被公主毒打了一頓。前幾天，駙馬爺叫人帶我到市場來拍賣，落我這個下場，想到這些無情無義的人，我除了痛苦之外，還能怎麼辦呢？」

唐敖仔細一聽，又驚又喜，說道：「幾年來，我一直打聽徐敬業的兒子淪落到那裡，想不到他躲到淑士國來了，我和徐敬業是結拜弟兄，我也擔心他的安危，好孩子，你一片好心腸，又聰明機警，妳勸他避禍遠走，他居然不聽勸告，反過來害妳受苦，這種不合情理的行爲，一定有什麼原因，等我找到他，我和他談談，便知道了。」

唐敖、多九公和林之洋三人找到淑士國的駙馬府，送了紅包給看門的、守衛的和傳令兵，好不容易才聯絡到徐承志。

二十多歲的徐承志長得英武瀟灑，確是一表人才，唐敖請他到一家酒館的僻靜角落，見左右無人，才表明了身分。過去的遭遇及艱苦，雙方從頭說了一遍，唐敖將話題一轉，故意問他：「你已經二十多歲了，不知娶妻生子沒有？」

提到婚姻事，徐承志不禁掉下眼淚來，他說：「我這輩子大概只能光棍一生了。」

「這話怎麼說呢？」

「我們這裡有個駙馬爺，生性多疑，自從姪兒進府以後，因爲臂力強壯，很受他賞識，但駙馬爺怕我是外國間諜，時刻提防我，就連我的房內外也有守衛監視著，幸好夥伴幫助我，才能平安無事。後來他把蕙兒許配給我，夥伴都勸我要特別小心，在她面前不能疏忽，若說錯了話，她去報告，我性命便保不住了。所以，她兩次來勸我離開，我以爲是駙馬爺故意試探我，完全不敢相信，兩次都去檢舉她。這爲了證明我的清白，消除駙馬的疑心，誰知蕙兒對我是一片眞誠，這樣忠貞的女孩，我反恩將仇報，我還有什麼臉活在世上？『生我者父母，知我者蕙兒』，她如今被逐出府門，不知流落何方，我心裡眞痛苦啊！」說完，哭哭啼啼的不知收拾。

唐敖說道：「這姪媳婦的確是一片血性，不過姪兒你的作爲也因處境艱難，不得不如此，幸好，姪媳婦現在平安無事，就在我們的貿易船上。」

徐承志聽了欣喜若狂，問清了蕙兒的下落，知道唐敖義叔收容她的經過，趕緊跪拜道謝。

唐敖擔憂徐承志的境遇，設法要讓他能逃出駙馬府，林之洋聽了半天，說道：「據我看來，最好的辦法是，等到夜晚，妹夫把徐公子背著，用力一跳，跳出城外，人不知、鬼不覺，還有比這個更簡便的方法嗎？」

唐敖說：「負重固然沒問題，但只怕城牆太高，我飛不上去。」

城角：城牆的轉角處，不起眼的地方。

「只要跳得起來，這不成問題，城牆內外都是大樹，唐兄先跳到樹上，分兩次跳，不就飛過去了嗎？」

徐承志從來不知唐敖身懷這項絕技，唐敖於是把吃了躡空草的事告訴他。大家約好夜晚相見，但請徐承志帶他們三人到城角下觀察地形。

來到一處僻靜的城角時，林之洋看那城牆不過四五丈高，於是說道：「現在，這裡正好無人，妹夫就同徐公子操練操練，省得夜晚費手腳。」

唐敖覺得有道理，於是駝了徐承志，縱身一跳，並不費力就跳上了城牆，四處一望，只見梅樹一叢叢，城外並無一人，他想了想，問徐承志：「你在駙馬府裡是否有重要物件，要是沒有，我們現在馬上出城，不更省事嗎？」

徐承志說：「要緊的東西，只有這封我父親遺下的血書，我隨身帶著了，我們現在就走吧。」

唐敖隨即向多九公和林之洋招手，兩人也明白他的意思，也走出城外。唐敖又縱身一跳，和徐承志兩人趕路，追上多九公和林之洋，登船揚帆而去。

唐敖先進船艙將徐承志的苦衷向司徒蕙兒說個明白。徐承志見了蕙兒，又喜又慚愧，蕙兒也轉悲爲喜，兩人一齊向唐敖拜謝，預備找一艘適當的船，兩人回中國故鄉去。

走了幾天，遇上大風雨，天色又黑了，行船不安全，於是多九公建議靠岸休息，等雨停了再繼續航行。

就在停船不久，忽然聽見鄰船有女人哭泣的聲音，深夜裡聽來更覺淒涼。林之洋叫水手去打聽，原來有一艘中國開來的船，船身被大浪擊傷，開不動，又沒有人會修理，陷在這種，進退兩難。

唐敖知道了，說：「既然同鄉來的船，我們更應該幫助了，我們船上備有工匠，雖然耽誤一天，幫他們修理，這也是一件好事。」唐敖和林之洋商量後，隨即派水手去告訴他們，鄰船的人非常感激，那淒慘的哭聲也就停止了。

第二天，天色未亮，船外一陣叫喊聲，唐敖和一船人來到船頭一看，只見岸上站著百來人，手持槍械，臉上塗著黑煙，個個腰粗臂壯，叫道：「快拿買路錢來！」

林之洋見了這一群強盜，嚇得跪在船頭，說道：「告稟大王，我是小本生意人，船上並沒有多少貨，哪有銀錢孝敬，只求大王饒命。」一船人全都嚇得魂飛魄散，不敢開口。

那強盜首領大怒，説道：「同你好好説也沒用，先把你的命收了再講吧！」拿起尖刀，就朝著貿易船奔上來。

這時，忽然看見鄰船飛出一彈，把那強盜首領打得仰面翻倒。又聽見「刷、刷、刷」的弓弦聲，彈子如雨點一般打了出來，眞是彈無虛發；每發一彈，岸上就倒了一人。

唐敖看那鄰船有位美女，頭上綁著藍綢包頭巾，穿嫩綠的連身衣褲，站在船頭，左手拿彈弓，右手拿彈子，對準強盜，挑選身強體壯的一個個打過去，一連打了十幾條大漢。剩下的軟弱殘兵把那些倒地的連拖帶扛的抬了散去。

強盜逃命後，唐敖過船來向女子致謝，並相互道出名姓，那女子一聽唐敖名字，說道：「您莫非就是嶺南唐伯伯嗎？」

原來這位女孩名叫徐麗蓉，父親徐敬功當年和唐敖是結拜兄弟，因爲反對武則天當政而被追捕，帶了家眷逃到海外，改姓章，以賣貨爲生。三年前，徐麗蓉的父母相繼去世，她和奶媽仍不敢貿然回鄉，仍是做買賣過日子。不料幾天前，船隻遭風浪襲擊，船隻拋錨不動了，徐麗蓉說：「昨天承蒙唐伯伯答應派人來修船，正在感激，沒想到今天有這個機會拔刀相助，報唐伯伯一恩，在這裡和唐伯伯相認。」

唐敖這才明白，徐承志還是徐麗蓉的堂哥，於是連

拋錨：把「錨」拋在水裡鉤住水底陸地來停船，現在則是把錨綁在岸邊柱子上，以防止船漂走。若是車輛出了毛病，不能走了，也叫拋錨。

忙叫他過來和麗蓉相會，兩人抱頭痛哭，想起親人被政治迫害的遭遇，更是傷痛。

就在這時，岸上忽然塵土飛揚，遠遠有隊人馬向碼頭急奔而來，多九公嚇壞了，說道：「不好了，強盜又回來報仇了！」

徐承志說道：「我的兵器留在駙馬府裡沒帶出來，我們這裡可有武器？」

徐麗蓉說：「船上留有我父親的一支長鎗，不知合不合堂哥用，船上水手都拿不動它，現在放在船艙內，請堂哥去看看。」

徐承志到船艙把長鎗提出來，正好合手。這時，那隊人馬已開近，個個身穿青衫，頭帶秀才帽，一看便是駙馬派來的兵馬，帶頭的一名將軍，手持指揮旗，叫

指揮旗：隊伍出發的時候，最前方都會有人舉著一面旗，來指揮整個隊伍的動向。

道：「我是淑士國領兵上將司空魁，今天奉駙馬的命令，特地來請徐將軍回去，如果你服從命令，回去後必然受重用，要是不遵命，我只好帶你的頭顱回去了。」

徐承志說道：「就是把王位讓給我，我也不願意，我在駙馬府原是暫時避難，並不是求得一官半職現在，我想回鄉了，將來有機會再來向駙馬謝罪。」

司空魁大怒，一聲令下，揮舞指揮旗，叫眾將士上前緝捕徐承志。徐承志不甘示弱，長鎗霍霍刺了幾下，便把那些將士嚇得四散逃跑。司空魁親自上陣，也挨了徐承志一鎗，幾乎從馬背摔了下來，他的部下趕緊保護他，向後撤退。

走了緝捕徐承志的兵馬，剛才那夥強盜果然又回來報仇了。換了另一個大頭目，頭上插著兩把雞毛，手舉一把大弓，大聲喊道：「哪裡來的野丫頭，竟敢傷了我的部下，」他瞄準了徐承志，說道：「看來你是和那野丫頭同一路的，你先吃我一弓！」

只聽得弓弦脆響，弦彈應聲飛出，徐承志持著長鎗先打落那彈子，又將那大頭目的大弓給撥在地上。大頭目抽出利刀，他帶來的小嘍囉們跟著鎗刀並進，喊聲不絕，對著徐承志殺過來。

那大頭目的刀法相當好，徐承志只能和他打個平手，徐承志和他們鬥了幾十回合，正想不出法子命中他要害，忽然看那大頭目丟了利刀，從馬上滾了下來，雙手蒙面，哎哎叫。

原來，徐麗蓉看徐承志情況危急，放出一彈，正中大頭目的臉上，接連又神射幾彈，打得小嘍囉們落荒而

嘍囉：念ㄌㄡˊ ㄌㄨㄛˊ，盜匪的部下小兵，供人使喚用。

逃。

徐承志帶了堂妹回到唐敖搭乘的貿易船，介紹司徒蕙兒認識徐麗蓉，姑嫂兩人見面，都有好感。

林之洋派工匠過去修船，修了兩天，船隻已可開航，徐承志帶著未婚妻和堂妹，一心想回家鄉去，林之洋又請妻子趕著縫製了些衣服、床被送給他們，當是未來的賀禮，徐承志感受這番好意，收下了這些禮物，但是路費盤纏，一分錢也不肯收。

他們三人向唐敖拜別，改姓余，掉轉船頭，向著故鄉航去。而唐敖依舊隨著貿易船，繼續他的海外之旅。

第十四回　美人魚噴水救火

厭火國的人，臉色黑漆漆，長得像猿猴，見到唐敖，吱吱呱呱的不知說些什麼，一面說話，又伸出手來，想討東西的樣子。

多九公不贊成施捨，他說：「我們都是出外人，只是到貴國來瞻仰風景，身上沒帶什麼錢財，要是貴國乾旱歉收，你們的國王會有賑災的措施，我們哪能救濟這麼多人呢？」

那些圍著要錢、討東西的人走了一批，又來一批，

賑災：發生天災的時候，地方政府或民間人士撥出米糧、錢財來救濟災民。

纏得林之洋生氣了，他說：「我們千山萬水出外，本來是要來賺幾分錢的，並不是出來辦救濟，多九公，我們走吧，沒有這些閒工夫和這些窮鬼瞎纏。」

話才說完，只聽得這些包圍著的人，個個口中噴出火焰來，一時，烟霧迷漫，火光熊熊，林之洋的一嘴鬍鬚早給燒得光溜溜。

唐敖、多九公和林之洋嚇得逃回貿易船，幸好厭火國的人動作慢，追不上他們，否則他們連衣服也要著火了。誰知這些人還不死心，仍追趕到船頭，對正船頭又是一陣噴火，烈焰飛騰，把水手們也燒得焦頭爛額。

就在這危急時刻，猛見海中浮出許多婦人，露出半個身子，口內噴水，如水柱一般，滔滔不絕，對著那群噴火的乞丐射去。林之洋趁機放了兩鎗，鎗聲把那些人放生：佛教不能殺生，許多人捉到了活的動物，把牠再放回牠生長的地方（山林或水裡），叫做放生。

嚇得散去。

再看那些浮在水面的噴水婦人，原來正是當日在元股國放生的人魚。當日在元股國碼頭，唐敖聽見許多嬰兒的啼哭聲，發現有個漁夫網到許多怪魚，魚的上半身和女人一樣，下半身卻是魚尾巴，腹部長了四隻腳，叫聲和嬰兒哭聲簡直不能分辨。唐敖見了心生不忍，花錢將人魚全部買下，放回海中，沒想到在這危急時候，她們卻又出現了，即時噴水撲火。

多九公說道：「當時我說唐兄放生積德，誰知隔了幾個月，幸虧讓她們救了一船性命。從前的人說：『給人方便，自己方便』這句話一點也沒錯。」

林之洋感觸頗深，也說道：「我看世間的人，每每受了恩惠，到事後把恩情都拋在腦後，看來，許多人連這魚兒也不如。」說著，林之洋摸摸下巴，光溜溜，臉皮隱隱作痛，多九公找來一種植物叫「秋葵」，秋葵的葉子像雞爪，又叫「雞爪葵」，摘下花朵，裝入半瓶麻油內，用葵油替他搽抹，又笑說：「林兄忽然燒掉了鬍鬚，露出這副白臉，看來像二十多歲的年輕人，以後可以取個綽號叫『雪見羞』了。」

貿易船又走了幾天，到了巫咸國。

林之洋帶了許多綢緞上岸去做買賣，唐敖忽然想起不久前在東山口曾聽說薛蘅香住在此地，自己也受駱紅蕖之託要帶一封信給她，於是約了多九公上岸去找薛家住的地方。

兩人走了好一段路，看見前方長著一片木棉樹林，唐敖走近觀賞，卻看見樹上藏了一個人。

不久，又看見一個老太婆帶著一個小女孩走過來，這時躲在樹上的大漢跳下，手拿一把尖刀，攔路說道：「你這個女孩，小小年紀，居然那樣狠毒，害得我們全家好苦。今天冤家路窄，讓我遇上了，我要除去妳這敗類，替眾人報仇！」說著，就要對女孩行凶。

唐敖隨身帶著寶劍，跳了出去，把刀朝上一架，那個大漢給震得幾乎翻倒，而那小女孩早已嚇得跌倒在地。

唐敖自從吃過仙草，臂力增添了千斤不止，這時只想解救小女孩和那老太婆，誰知用力過猛，一出手連那大漢的小刀也給撥飛去半天高，大漢丟失了尖刀，對著唐敖打量一番，說道：

「我看先生打扮，想必是中國來的人，中國人知書

養蠶：蠶可以吐絲、結繭、抽紗、紡紗、織布、做成衣服，養蠶是一項民生經濟活動，在江南地方桑樹多的地方，非常盛行。

達禮，你們要是知道這個惡女平時所做的壞事，便不會怪罪我行凶了！」

女孩哭泣說道：「我叫姚芷馨，今年十四歲，從中國到這裡來養蠶已有幾年，父母親去世後，跟著舅媽過日子，今天要去掃墓，不幸遇到強盜，請恩人救我們一命，我一輩子都會記住您的恩情。」

大漢說道：「妳這個惡女只顧著養那些毒蟲，我們幾萬戶人家都被妳害得沒法過生活了，妳知道嗎？」又對唐敖說：「我是巫咸國的商人，這裡所產的木棉，一向都由我經手買賣；我們巫咸國種木棉，就像別的地方種田一樣，大家靠種木棉養家活口。想不到這個丫頭和另一個會織布的丫頭來了之後，養出無數會吐絲的毒蟲，又織出許多絲布來賣，我們的木棉生意都被她打垮了。這還不說，她們竟然又將這種惡術到處教給別人，眼看著我們這裡的婦人都學會養毒蟲、織絲布，誰還要我們的木棉呢？所以我今天才想殺她，今天算她運氣好，遇上你們，不過，她逃得了一時，逃不了永久，要殺她的人不止我一個，看她能躲到哪一天，除非，她們馬上給我離開巫咸國，不然，只有死路一條。」

那大漢怒氣沖沖，撿起地上的尖刀，大步走了。唐敖總算明白事情的由來，他問姚芷馨家中還有什麼人，是什麼情況。姚芷馨說道：

「先父名叫姚禹，曾經做過河北都督，因爲反對武則天當政，才逃難到這裡來，父母因旅途勞累，雙雙去世，我只有依靠舅媽，幸好舅媽家有表姐薛蘅香爲伴。從前我早已跟母親學會養蠶、織布，身邊也帶有蠶卵，

桑樹：是一種落葉喬木，桃形的葉子可以養蠶，木材可以製造器具，樹皮可以造紙。

看見這裡的桑樹長得肥美，我和表姐於是靠著養蠶、織布為生。」

唐敖聽過，也表明了身分，他說：「我叫唐敖，是中國嶺南人，曾經和薛蘅香的父親薛仲璋結拜為弟兄，妳就帶我們去見她們一家吧！」

他們走進巫咸國城內，還沒到薛家門口，只見一大群人圍著家門，又喊又罵，叫說：「織絲布的丫頭給我出來！」那個躲在木棉樹上的大漢也在人群裡大嚷大叫。

唐敖靠了過去，大聲說道：「各位鄉親請安靜，聽我說句話。這薛家只是暫時在貴寶地落腳，今天，我們三個人就要來接他們回中國的，請各位先回去，事情一定會解決的。」

那大漢看見唐敖來到，曾嚐過他的厲害，因此招呼眾人離開。

等到門外安靜後，姚芷馨才和奶媽將門打開了，請唐敖和多九公進去。他鄉遇故知，薛夫人見了唐敖，不禁淚眼模糊，說了些往事。

唐敖將紅蕖所託的信函交給薛蘅香，蘅香看過後也想搬到東口山和紅蕖同住，唐敖答應贊助旅費，更讓這群苦難的鄉親感激不盡，薛蘅香有個弟弟叫薛選，唐敖看看這對姊弟，想起魏武和魏紫櫻兄妹，他那喜歡到處作媒的念頭又動了，這種成全好事的習慣，唐敖自己想著也覺得有趣，沒想到薛蘅香的母親宣氏也樂觀其成，向唐敖索取引見信函，將來路過魏家，要去拜望提親。

厭火國的人噴火燒船，多虧人魚相救。

第十五回　在歧舌國學音韻

這一天，到了歧舌國，林之洋知道這個國家的人最喜歡音樂，他叫水手帶了許多簫、笛之類的樂器去賣，並將在勞民國所買的雙頭鳥也帶上岸去。

唐敖和多九公上岸閒逛，只聽滿街的人說的話嘰嘰呱呱，一句也聽不懂，多九公說：「海外各國語言，以歧舌國的話最難懂，當初我想學，一直找不到人教，後來因爲賣貨經過這裡，住了半個月，竟被我學會了。誰知學會了歧舌國的話，再學別的地方語言，一點也不費

簫、笛：是多孔的吹奏樂器，橫的是簫，直的是笛，音色略有不同。

韻書：講解韻文的書，韻是指每一個字最後的音節，例如：ㄇㄠ字，ㄇ是聲，ㄠ是韻，一串句子最後一個字是ㄠ韻，則說它押ㄠ韻。

舌頭分岔：指會發出很多音，很會講話的意思，有人說要使鳥兒會說話，就得先把牠的舌頭剪一剪。

力，林之洋學會歧舌國語，也是經我指點才融通的。」

「我聽說歧舌國有部韻書，專門註解語言、聲音變化，如果能找來看看，明白其中道理，這不更好嗎？」唐敖說道。

「有道理，俗話說：『若臨歧舌不知韻，如入寶山空手回』，這韻學也許就是歧舌國研究出來的，讓我去打聽，打聽。」

剛才迎面走來一位老人，看來很和氣的樣子，多九公向他拱手爲禮，學本地話說了幾句，老人也拱手回禮，應答了幾句，又忽然搖頭吐舌，很爲難的樣子。

唐敖眼尖，看那老人的舌頭，居然是分岔的，像一把剪刀，說話時，兩片舌尖都動，所以聲音很複雜。

多九公和老人談了好久，老人竟又把袖子一摔，掉頭走掉了。多九公楞在原地，等人走遠了，才知道生氣，說道：「我剛才說了幾句閒話，趁機談起音韻，求他指導，他只管搖頭，說音韻學是他們歧舌國的不傳之秘，如果有人貪圖錢財將這學問傳出去，不論臣民，都要處罰判刑，任我怎麼懇求，打躬作揖，再三拜託，他也不動心，居然又說：『從前，鄰國有人送我一隻大海龜，海龜腹中藏有寶石，如果將音韻學傳授給他，那人願意取出寶石送給我作酬勞，我連這個都不肯要了，今天，你只是拱手作揖，就想討便宜，難道你這個作揖比龜肚裡的寶石還值錢？你未免把自己的身分看得太高了！』，你聽聽看，他拿烏龜和我比較，我一下子就被他氣昏了，人走了還不知道呢！」

唐敖仍然不死心，拖著多九公到處去探訪這種音韻學，兩人在大街小巷、酒樓茶坊，說得口乾舌燥，沒人肯透露半個字。本來以為年輕人比較率眞，容易露出口風，誰知，少年人比老年人更警覺，一聽他們問的是音韻學，嚇得拔腿就跑。

這時，林之洋提著鳥籠回來，一臉笑嘻嘻，開口說道：「這裡有個大官，想買這隻雙頭鳥送給皇太子，出了個好價錢，他的僕人暗示我說他家主人非買不可，價錢還可以更好，所以我提回來明天一早再去。」

第二天，唐敖睡過頭了，等他醒來，林之洋已提著鳥籠回船；那隻雙頭鳥還沒賣掉。林之洋歎氣說道：「誰知那個準備買鳥的大官一早上朝，聽說皇太子出外打獵，連人帶馬從山頂摔下來，皇太子跌得昏迷不醒，國王已經派人準備棺材了，這大官哪會再買鳥呢？」

唐敖和多九公結伴到鬧市閒逛，只見一群人爭著看一張國王貼出來的告示，告示寫的正是皇太子落馬受重傷的事，國王說：誰能治得好太子的傷，賞一千兩銀子。

多九公走到那張黃紙告示前，將它撕了下來，表示他願意醫治太子。看守的士兵趕緊去通報官府，一面準備馬車，將多九公接送到賓館，唐敖只好跟在後面，也進去了。

賓館內的使者問清了多九公和唐敖的來歷，立刻親自去報告國王。唐敖替多九公回船把藥箱提來，使者回到賓館，陪多九公和唐敖來到皇宮，走進太子的病房。

多九公先叫人取來半碗黃酒，撬開太子緊閉的牙齒，慢慢灌入，然後拿出藥粉，敷在傷口上。太子兩腿跌斷，頭上摔破一個洞，昏迷得讓多九公擺佈，四周的人原已看得驚慌，再看多九公拿著扇子，一面敷藥、一面用力搧風，更駭怕不已。通使說：「老先生請別搧風，太子跌成這個樣子，生命垂危，怎麼還能吹風呢？」

多九公說道：「大家別駭怕，我用的這個藥，名叫『鐵扇散』，必須用扇子搧，才能迅速讓傷口結疤。你放心好了，我怎會把人命當兒戲呢？」

多九公一面說，一面手不停扇，過了不久，傷口果然結疤了，太子漸漸甦醒過來，發出呻吟。一屋子的人看得又驚又喜，通使說道：「老先生的妙藥實在靈驗無比，簡直是仙丹。現在，太子頭上的傷口已經沒事，只是兩腿筋骨都折斷，請老先生施展妙手，爲太子治

散：念ㄙㄢˇ，中藥成品的一種，呈粉末狀。其餘成品有膏、丹、丸等。

療。」

多九公隨即將藥瓶拿出來，秤了七釐藥散，用燙熱過的黃酒調好，讓太子喝下，另外又用同一藥粉拌酒，敷在太子的腿上。太子給這一治療，漸漸不再呻吟叫痛了，神色平靜，安詳睡去。多九公又對通使說：「太子的傷，已經沒有問題，請轉告國王放心，再過幾天，太子就可以復元了。等一下王子醒來，多餵他熱黃酒，我明天再來看看。」

通使說道：「國王非常感謝，請老先生暫時不要回去，在賓館住幾天，以便隨時看視、用藥，現在飯菜都已預備好了，請兩位先吃點東西。」

多九公和唐敖只好派人回船送信，說他們暫時不能回去。多九公接連幾天給太子內服、外敷，而太子的酒量很大，每天以熱酒配「七釐散」，病情大有起色，筋骨都已接上了，雖行走仍不方便，但繼續休養一段時間，一定會完全康復。

歧舌國國王擺了盛大酒宴，宴請多九公，同時端出一千兩銀子爲酬謝，另外又加送一百兩銀子，請多九公將「鐵扇散」和「七釐散」的藥方寫出來。多九公對國王說：「我只希望治好太子的傷，並不要錢。寫藥方，也是舉手之勞，這些銀錢，我都不要，只希望國王能送我貴國的音韻學一部，就心滿意足了。」

但國王向來認爲這音韻學是歧舌國的文化寶典，唯一勝過鄰國的文化資產，寧願多送銀子也不肯將音韻學傳授給他們。

通使私下告訴多九公：「國王在心情舒暢時，都不

動了胎氣：據說懷孕的婦女若惹怒了胎神，亂動身體，動了胎氣，會影響腹內胎兒的健康。

肯將這音韻學傳授他人，何況，現在兩位王妃都患重病，他哪有心情做這些事呢？」

原來，有一位王妃懷了五、六個月的身孕，不久前因不小心拿了太重的東西，動了胎氣，有流產的跡象；另一位王妃的乳房長了瘡，腫脹疼痛，國王非常擔心，怕她們有生命的危險。

多九公一聽，說道：「這都不難治，我可以立刻開藥方，只是不知國王肯不肯把韻書送我一部？」

國王接到通使的報告，因爲一心想治好這兩位王妃的病，只好勉強答應。

多九公開出一帖安胎藥方和治乳瘡的內服、外敷藥方，讓通使帶進皇宮。過了幾天，兩位王妃的病情也眞有了顯著好轉。

國王雖然心裡高興，但對於答應音韻學傳授的事，又感到後悔，想多送禮金，打消多九公和唐敖索取書籍的要求。國王再三請通使勸說，多九公仍不肯同意。爭了三天，國王只好召開大臣會議，慎重討論，終於決定，不能不守信用，讓外國人譏笑，這才寫了幾行字，密密封固，交給多九公，再三交代，千萬不能輕易傳授給別人，並說只要用心體會這些秘訣，一定可以融會貫通。

國王因看多九公神醫妙方，特別請求多九公能多賜藥方，歧舌國的水土惡劣，人民容易患腫毒之病，若有治療方法，眞是國家之幸。多九公心地善良，不藏私，將所知道的藥方一一開了出來。國王十分感謝，派人送了銀子到船上來，多九公不收都不行。

蛔蟲：是一種會蠕動的軟體動物，樣子像蚯蚓，但沒有環節，會寄生在人和動物的腸子裡，吸收養分，危害健康。

通使看多九公一行人即將離開了，趕緊懇求多九公救命。原來，通使有個十四歲的女兒名叫蘭音，從小患了肚腹膨脹的病，吃什麼藥都無效，面色青黃，神情呆滯，看了眞教人心痛。

多九公診斷這名叫蘭音的女孩肚裡有蛔蟲作怪，只要用「雷丸」和「使君子」兩味藥，服用五、六帖，就能將蛔蟲排出體外，於是開了藥方交給通使，讓他回去治女兒的病。

過了不久，正要開船，通使又帶著女兒匆匆趕到碼頭來，淚漣漣的奔上貿易船，唐敖嚇一跳，以爲用錯了藥，忙去通報多九公。通使說道：「兩位大賢，請救我父女兩命，你們雖賜我藥方，但是雷丸和使君子兩味藥材，在我們岐舌國不產，我出了高價問過許多藥房，也都不得這藥材，我帶著小女來求二位大賢，請將此藥賜我們兩帖，我願以一千兩銀子酬謝。」

唐敖說道：「我要是隨身帶了這帖藥，早將藥材奉送了，哪敢接受你千金酬謝，何況這帖藥材並不值錢。」

通使聽了，默默無語，楞在船舷邊，而患病的蘭音聽見有藥方卻無藥材可服用，病體仍要受折磨，不禁放聲大哭，跪在唐敖和多九公面前，不斷哀求救她一命。

通使也跟著噗通跪下，對唐敖說道：「我今年六十歲了，只有這一女兒，自從她五六歲患病以來，費盡心力，到處求醫，從沒有見效，她母親憂慮而死，也有好多年了。從前有位算命師曾指點過我，他說我家蘭音必須到異鄉拜求一位唐氏大仙，才能長命。這一次遇到您從外鄉來，又姓唐，莫非您就是蘭音的再生恩人，請您不要嫌棄我的卑微，將蘭音收爲義女好嗎？請您帶她回中國治病，要是能將她治癒，等她長大，將來的婚事也請您一併作主，這個恩情，我生生世世也不會忘記的。」

通使說著，滿臉淚水，在她身旁的女兒也嚎啕大哭，一船人看得也憐憫悲傷起來。

林之洋於是說道：「妹夫平日最喜歡做善事，就答應他吧。要是你不肯答應帶蘭音走，好，那我就代你答應，收她做乾女兒，跟我隨船到中國去！」又對通使說：「我們替你帶去，將來治好病，再帶回來還你。」

蘭音卻向她父親說：「母親雖然去世了，但我們父女相依爲命，總是團聚在一起，我怎能拋下父親，分隔兩地呢？」

「女兒啊，妳的話雖然不錯，但是妳的病情已嚴重到九分深了，不能再耽擱了！」通使說道：「此時我們父女遠別，倘使妳的病能治癒，我們終有相見的一天，我要是能多活幾年，妳還有盡孝的一天，我已經打定主意了，妳依我的意思去做才是孝女，不要再猶疑了，趕緊拜唐先生為義父吧！」

情勢如此，唐敖只有答應收蘭音為義女。

通使又派僕人取來一千兩白銀和八大口箱子，說是給蘭音買藥治病的費用和衣服首飾，為了一千兩銀子，唐敖和通使推辭婉謝了好一陣子，多九公只得出面打圓場，說這白銀就留著將來為蘭音辦嫁妝，唐敖才勉強收下。

嫁妝：女子出嫁時，娘家所贈送的禮物，有金錢及各種日用品等。

蘭音和父親依依難捨，含淚辭別。從此，她稱呼呂氏爲舅媽，婉如叫表姐，林之洋叫舅舅。蘭音能說三十國的語言，婉如有她作伴，高興極了。

開船之後，一切就緒，多九公把舵交給水手看管，這才從懷中取出歧舌國王傳授的韻書秘訣，和唐敖細細推敲、研討。只見紙上畫了許多圈圈，林之洋瞄了一眼，說道：「這該不是故弄玄虛騙我們的，哪來的這麼多圈圈？」

唐敖請出蘭音和婉如一起來看。這蘭音自從離鄉之後，身體強壯多了，林之洋說她患的是「離鄉病」，只有遠離家鄉才會平安無事，雖是笑話，卻又事實如此。一群人研究了半天，終於弄明白韻書字訣的意思。

原來就是「平」、「上」、「去」、「入」四種聲

平上去入：國音中一聲叫陰平，二聲叫陽平，三聲叫上聲，四聲叫去聲，輕聲叫入聲。陰平與陽平合稱平聲，上、去、入三聲合稱仄聲，全部則合稱平仄，指字音。

韻的排列變化，以及「反切」拼音的方法。唐敖和多九公非常高興，也教會了林之洋，大家都覺得這次到歧舌國來實在大有收穫。唐敖說：「從前我勸多九公把祖傳祕方公開流傳，做好事一定有好報，果然到歧舌國就治好了太子和王妃的病，不但多九公賺到一大筆錢，我們也沾光學會了聲韻的祕訣，可見存有好心，總不會錯的。」

　林之洋也說：「下次再到黑齒國，遇到那兩個黑丫頭，她們再談聲韻，我們也不用害怕啦！」

反切：念ㄈㄢˇ ㄑㄧㄝˋ或ㄈㄢ ㄑㄧㄝˋ。是以前注音符號還沒發明時，世人用來標示發音的方法。是把兩個字中第一個字的聲（上半個音）和第二個字的韻（下半個音）合起來，所產生的音。例如：「酷」字的音是「課入」切。

第十六回　林之洋女兒國受難記

貿易船在女兒國靠岸，多九公又來邀約唐敖上去遊玩。唐敖因聽說唐太宗派唐三藏去西天取經，曾經路過女兒國，幾乎被女王留任，脫不了身，所以不敢上岸。

多九公說道：「這個女兒國不是那個女兒國，這個女兒國有女人也有男人，不同的是，這裡的男人穿裙子、做家務；女人穿靴帶帽，管理國家大政，在外賺錢、養家活口，內外之分和其他國家正好相反，所以才叫女兒國。」

唐三藏西天取經：西遊記的故事中，唐三藏是一位和尚，唐太宗派他去西天取經，途中還有孫悟空、豬八戒和另一位和尚沙悟淨作陪。

纏小腳：古時的一種惡習，女孩子小的時候，用布把她的雙腳綁起來，使腳因無法長大而變形。目的是要女子走起路來搖搖晃晃，認爲這是一種「美」。民國以後，女子終於擺脫了幾千年來的「酷」刑。

唐敖聽得驚奇，問說：「這裡的男人，臉上也搽脂抹粉嗎？是不是也要纏小腳？」

林之洋插嘴說道：「沒錯，不但纏腳，而且纏得越小的越美，搽脂抹粉更是不可少。幸虧我生在中國，要是生在這女兒國，教我纏小腳，可要我的命了！」又從袋子裡翻出些胭脂、水粉、梳子、鏡子和首飾的貨物，又說：「這裡的大女人最捨得替小男人梳粧打扮，即使手頭沒錢，也設法去借，我帶的這些貨，至少也可以賺三、兩倍利錢，你等著看吧！」

唐敖和多九公登岸進城，細看來往行人，無論老和少，都不見鬍鬚，穿男裝的，開口是女音，身材瘦小卻凹凸有致。唐敖忍不住說：「九公，你看這些女人偏偏要扮男人，實在矯揉造作，這多彆扭！」

「你是這麼說，只怕她們看見我們，也說扮個婦人不就好了嗎？何苦這樣矯揉造作，硬要充當男人。」

這時，唐敖看見有個小户人家的門口，坐著一個中年婦人，一頭黑髮抹得油光滑亮，眞可以滑倒蒼蠅，髮髻上插著翠綠珠寶，夾一對八寶金環的圓耳環，上身穿玫瑰紫的長衫，下穿蔥綠長裙，裙下露著紅繡鞋的三寸金蓮，伸出一雙玉手，十指尖尖在那裡繡花。看他臉上秀目娥眉，雙頰搽著脂粉，再看他的嘴唇上下，卻是一把絡腮鬍子。唐敖忍不住笑出聲來，這婦人抬起頭來，老聲老氣的破鑼嗓子開罵道：「你這婦人，憑什麼笑我呢！你明明有鬍子，卻穿衣戴帽混充男人，你怎麼不去照照鏡子，看看自己的德性，你今天是運氣好，遇到我，要是換了別人，把你當作男人偷看婦女，只怕早給

髮髻：髻念ㄐㄧˋ。更念ㄍㄥ。婦女把長髮盤在後腦，梳成一個包包，叫做髻。

三寸金蓮：就是指女子所纏的小腳，或所穿的鞋子。

打個半死哩！」

唐敖和多九公飛也似的逃跑，躲得好遠了，沒再聽見那個男扮女裝的人咒罵，唐敖笑著警告他的妻舅林之洋，說：「舅兄本來長得斯文英俊，在厭火國給燒去了鬍鬚，看來更加年輕，他要是把你當成婦人，你不害怕嗎？」

林之洋跑得喘吁吁，回說：「你少來嚇我了。」他急著要去做生意，不同他們一道走，反過來交代說：「你們也得小心！」

唐敖和多九公一路走向貿易船，看到街上的「婦女」，裙下都露著三寸金蓮，走動時，腰肢顫顫巍巍，到了人多處，和中國的婦女一樣，也是躲躲閃閃，一副嬌羞的身段，令人看了心生憐愛。這些抱小孩、牽小孩二更：晚上七點到翌日早上五點，這十個小時，共分爲五段，每段叫「更」，二更是指晚上九點到十一點。

的「婦女」，有多鬍鬚的，也有怕顯老，索性將鬍根拔得一根不剩的，無奇不有。

兩人回到船上，用過晚飯，等到二更時分，卻仍不見林之洋回來，一船人都著急了。唐敖和多九公提著燈籠上岸去尋找，走到城邊，城門已關閉，只好回船。

接連又過兩天，仍然沒見林之洋的踪影，唐敖帶領著水手一再進城搜索，還是沒有消息，急得林之洋的太太和女兒哭得死去活來，不知林之洋在異鄉有什麼壞遭遇。

原來是林之洋提著胭脂、水粉做買賣，一賣賣進了王宮，卻給女王看上了，好好招待了他一番，留他住了下來。

幾個宮娥把林之洋帶到一座樓上，擺了許多酒菜款

鳳冠霞帔：冠念ㄍㄨㄢ，帔念ㄆㄟˋ。指錦繡華美的帽子和漂亮的披肩。是以前貴婦人或新娘子穿的。

待他，剛吃完飯，許多宮娥來對他口呼「娘娘」，磕頭叩喜，接著把林之洋的內外衣服剝得精光，準備了一大桶香湯，替他洗澡，給林之洋穿上鳳冠霞帔、玉帶蟒衫，臉上抹粉，嘴唇染紅，手上戴戒指、腕上戴金鐲，這些男扮女裝的「宮娥」，個個力氣無窮，老鷹抓小雞似的擺佈林之洋，林之洋倒像做夢一般，又像喝醉了酒，只管發楞，問清了「宮娥」，才知道國王封他為王妃，等選了良辰吉日就要進宮完婚！

林之洋嚇慌了，腦筋還沒轉過來，又來了幾個身高體壯，滿臉鬍鬚的超級大宮娥，手拿針線，走到牀前跪下，說道：「稟告娘娘，穿耳洞。」四個宮娥一把將林之洋壓在牀上，隨即動手。

林之洋大喊大叫也不管用，兩邊的耳朵一下子給挖出一對耳洞，掛上了一副八寶金環，亮閃閃的。

接著，又上來一批宮娥，體型更強壯，面相更凶惡，手拿一疋白布，也向牀前一跪，說道：「稟告娘娘，我們要幫你纏小腳了！」說著，一人抓一隻林之洋的「金蓮」，將白礬灑在腳縫內，抓緊五根腳趾頭，把林之洋的腳面用力扳成像彎弓一般，林之洋大哭大叫，這些黑鬍子宮娥也不理會，纏兩層白布，縫一次角接口，一面狠纏，一面密縫。林之洋只覺得兩隻腳彷彿炭燒一般，陣陣疼痛，幾乎要暈過去。

林之洋雙腳纏上白布，宮娥又草草做了一雙軟底大紅鞋讓他暫時穿上，將來纏小了，再正式做一雙像樣的。林之洋苦苦哀求放了他，他是有妻室兒女的人，放他回去團圓吧！帶頭的一個黑鬍子宮娥說：「誰叫你不

白礬：礬念ㄈㄢˊ。礬是一種結晶礦物，能清澈水質。白色。

早些纏腳，才痛成這樣。放你回去？你都要進宮的人了，我們怎敢作主呢？」

到了夜晚，林之洋趁宮娥不注意，偷偷把白布左撕又解，統統折下來，讓十根腳趾頭舒開，這一暢快，非同小可，心中爽快，這才好好睡了一覺。

第二天起牀，宮娥們發現林之洋擅作主張，竟敢把白布解放，趕緊去報告保母，這胖保母率領四名超大型宮娥衝上來，剝光了林之洋的衣服，對著他的屁股狠打了二十大板。林之洋給這樣折騰了兩天，眞是「柔腸寸斷」，竟有自殺的念頭；既然妹夫和多九公得不到音訊來解救，與其這樣給纏了雙腳，活著比死去還痛苦，不如一死！

林之洋表明了寧死不從的心意，卻教宮娥們加倍警惕了，日夜看守著他，而且，爲討好國王歡心，更是不顧林之洋殺豬似的悲嚎，盡力纏他的小腳。

林之洋昏昏迷迷過日子，他那雙腳上的爛肉都已化成膿水，流得乾淨了，只剩幾根枯骨，果然頗有「金蓮」之勢。他每日給搽髮油、洗香湯、修眉毛、點胭脂，打扮成一個「絕色佳人」。女王十分關心林之洋被改造的成果，不時派人來察看。女王心急，保母爲求績效，比女王更急，全力以赴將林之洋改造完成後，馬上報告女王。女王親臨樓閣驗收，看林之洋面如桃花、腰如細柳、眼含秋水、眉似遠山，越看越喜歡，不禁說道：「如此佳人，要不是我的慧眼發現，豈不埋沒了人才？」林之洋給她逗得坐立不安，羞愧得要命。

女王回到王宮，選定了吉時，預備和林之洋完婚，還慎重其事的頒佈特赦，以表示普天同慶。

林之洋一心只想著唐敖和多九公怎不趕快來解救，那知盼來盼去，眼看著就要入宮了，他想起妻子兒女，心如刀割，眼淚撲簌簌地流個不停，低頭再一看，兩隻「金蓮」被纏得骨軟筋酥，毫無氣力，走一步都要人攙扶。當年那樣，今日在女兒國這樣，一切彷佛隔世！

林之洋完婚的這天，天還沒亮，宮娥們都擁到他的房間來，爲他修臉、畫眉、穿鞋、戴鳳冠，把林之洋打扮得豔光照人，雖說不是國色天香，也眞夠瞧的了。

過不久，四個宮娥手執珠燈，走來跪下，說道：「吉時已到，請娘娘先升正殿。」林之洋聽了，像頭上打了一個霹靂，只覺耳中嚶一聲，魂魄就這樣飛出去。衆宮娥照樣攙扶他下樓，上了鳳轎，風風光光的來到正殿，就在這時，忽然聽見鳳轎外吵吵鬧鬧，喊聲不絕，嚇壞人！

救星到了。這陣叫喊是唐敖安排來的。

原來，唐敖和多九公到處找尋林之洋的下落，終於打聽到林之洋被留在王宮，封爲貴妃，並且被纏腳，即將和女王成親。

唐敖寫了陳情狀，希望女兒國的忠正大臣有人會出面，將狀子呈遞給女王，誰知一連走動了幾十處，個個都推說：「這不關我們衙門的事，你到別處去遞狀子。」

唐敖想得沒辦法了，到算命師那裡替林之洋抽了一籤，算命師說：「這個人『紅鸞』發現，該有婚姻之喜，可惜遇有『空亡』，未免虛而不實，將來仍是各棲

紅鸞：鸞念ㄌㄨㄢˊ。是天上的星宿之一，主姻緣，「紅鸞星動」是指喜事將近。

鸞鳳和鳴：「鸞」是古時傳說中的一種鳥，羽毛五彩美麗。鸞鳳和鳴是用作祝賀新婚夫婦美滿幸福的賀詞。

一枝，不能鸞鳳和鳴，不知大嫂你問的什麼事？」

唐敖聽算命師稱他叫「大嫂」，全身起雞皮疙瘩，勉強又問：「這個人正在受難，何時可以脱困？」

算命師說林之洋的災難已滿，不過還得耽誤十天，說得離離奇奇，令人不解。

兩人走到張貼榜文的告示牌前，榜文上寫著：女兒國連年遭受水患，人民財產生命損失慘重，若有鄰國臣民能治理河道，將以財寶官位爲酬謝。唐敖想到林之洋的下落處境，不知他受了什麼罪，於是心一橫，上前將那張榜文撕了下來。

這時，百姓們聽說有人撕下榜文，有能力治理河道水患，紛紛趕來看唐敖，挨挨擠擠的都跪在地上，求唐敖大發慈悲，早一日將水患消除。

唐敖站在高處，大聲說道：「各位請起立！我雖能治河，但名利官位我都不要。我有個妻舅，不久前因賣貨進宮，現在被朝廷立爲王妃，今天就要完婚，你們想請我治理河道，只要到朝廷前哭訴，將我妻舅放了，我馬上就指導你們動工，要不然，我只好回鄉去。」

百姓們一聽，一下子聚集了幾萬人往朝廷擁去，七嘴八舌，喊聲震耳。多九公悄悄問唐敖：「你眞的懂得治理河道水患嗎？」唐敖說：「我哪懂得這些技術，爲了救林之洋，不得已做了一個『火燒眉毛，且顧眼前』的計策，先救出林之洋再說。明天我們去看看那河道是怎麼回事，再來商量，將來能治好水患也就算了，要是不能，只有請多九公將船上貨物載去送給鄰國，請他們來拯救我和林之洋。」

女王在朝廷正準備行禮完婚，忽然聽見這個叫喊聲，看百姓蜂擁入宮，趕緊召喚國舅來問清楚。

女王知道民眾起鬨的理由，不但不肯順從民意，反而惱羞成怒，對民眾施以恫嚇。民眾受到水患侵擾，生活艱苦，一聽女王不顧民眾生計，都氣極了。

女王隨即又派大將軍率領十萬大兵鎮壓，對空鳴放槍砲，打得山搖地動，民眾卻視死如歸，不肯撤退，都說，既然這樣，與其以後死在魚鱉嘴裡，不如今天就給女王殺了倒還乾淨俐落；老百姓們哭哭啼啼，叫喊得更厲害。

國舅看情勢危急，吩咐大兵不可動手傷人，回過來安撫民眾，說：「請大家先回家去，我會替大家陳情，不過，那個撕下榜文、說他能治理河道的人不能走，大

國舅：皇后的哥哥，叫做國舅。

家要把他留住，一切我會盤算。」

留在迎賓館等候消息的唐敖，吃過中飯，又吃過了晚飯，接報的消息，一件比一件緊張，情況並沒有好轉的跡象，林之洋的音訊杳杳，怕是凶多吉少。

負責從中協調的國舅，約好在第二天到迎賓館和唐敖研究治理河道的事，唐敖和多九公一直等到深夜，卻仍不見人來，得到消息說國舅府民眾包圍，而國舅和女王為了釋放林之洋的事，因女王避不見面，無法詳說，也就沒能對民眾和唐敖交代，國舅躲在朝廷，沒有回家。

又過了一天，唐敖和多九公早早起來，兩人大眼瞪小眼的對坐著。多九公解悶說道：「據我看來，要是再這樣等下去，只怕我們吃了喜蛋才能回去。林之洋和女王成親已有兩天，再過些時候，女王懷了身孕，你是女王的妻妹婿，她不就送喜蛋來了嗎？」

話雖好笑，但唐敖卻笑不起來。

第四天，女王召見國舅，告訴他：「那個揭榜的『婦人』還在嗎？他要是能把河路治好，我顧念天下蒼生安全，就把王妃放了，要是他不能治好，浪費公帑，王妃就得留在這裡，等他以後拿錢來贖回去，你看怎麼樣？」

國舅看事情有了轉機，趕緊到迎賓館見唐敖，把國王的意思轉達，並且問唐敖治理河道的腹案計畫。唐敖說：「我還沒有勘察貴國這條惹禍的河道，不敢妄下論斷，但是我知道天下最善於治理河道的人，莫過於大禹。我們知道禹疏九河，這個『疏』字，應該就是治河

大禹：古時夏朝人，因治大水有功而名流千古。他治水所用的方法是疏通水道，有別於之前鯀用的圍堵的方法。

的秘訣；疏通衆水，使它們各有去路，自然就不再爲患了。」

國舅聽了唐敖的見解，十分佩服，又告訴唐敖有關林之洋的消息，因爲民意沸騰，女王已將成親之事暫時擱下，林之洋身心受了折磨，但大致還平安的，請他們放心，全力治理河患。

國舅陪唐敖和多九公出城看河，這條河的堤岸高如山陵，河床高，水流又不順暢，難怪雨季來臨，總是氾濫成災，女兒國的工匠只知加高堤岸，根本無法治理。唐敖決定採用大禹治水的老方法——疏通河道。

唐敖不但擬定計畫，還提供鋼鐵打造工具，國舅號召民衆出力，不到十天，就將這條禍害女兒國幾代人的河道給疏通流暢了。

民衆看唐敖每日早出晚歸，全心全意幫助他們，竟在完工之日，塑造了一尊唐敖的塑像，蓋了一座祠堂供奉他，在祠堂上方又掛了一塊金字匾額，寫著「澤共長水」四個大字。

被軟禁在王宮內的林之洋，想起妻子兒女，想起他的貿易船和故鄉種種往事，再看現在被纏了小腳，穿耳洞的種種怪模樣，又想起不久前，妹夫和他開的玩笑，問他要是被女兒國留住，他該怎麼辦，記得當時回答他：「我一概回答不知道」，這一想心境也開朗了些。

那個女王每次來纏他，他便裝做木頭人一個，問什麼，也都裝傻，一問三不知。幸好有個年輕的小王子，常來內宮陪林之洋聊天解心悶，也告訴他有關唐敖治理河水，交換他出宮的事。那些個現實宮娥，看準了林之鼓號樂隊：有「鼓」和「號」（喇叭）兩種樂器的樂隊，演奏起來非常熱鬧。

洋遲早要回中國去，將來對自己沒好處，漸漸也對林之洋怠慢起來，飯菜和茶水的供應，常常不足，多虧這個年輕的小王子照應，否則林之洋的苦頭要吃得更多了。

這一天，小王子匆匆來報告，說道：「稟告『阿母』，唐貴人已將工程辦完，今天國王去看河，十分高興，請了鼓號樂隊護送唐貴人回船，聽說明天也要送阿母回去了。」林之洋聽了欣喜若狂，說他受「國王」百般折騰，卻受小王子百般照應，小王子的恩情，只好等待將來報答。

小王子看左右無人，跪下說道：「兒臣有大難，請『阿母』救我一命。」小王子今年十四歲，被指定為王位接班人已經六年，但是自從前年「生母」去世後，西宮「阿母」不斷向「父王」進讒言，設法要殺害他，小王子說：「阿母如肯同情我，明天回船，請幫我脱離虎穴，讓我將來孝敬報答您。」

林之洋說：「我家鄉的風俗和女兒國不同，妳到了中國要換回女裝，從頭學做女孩，這怎麼習慣呢？單是纏腳、梳頭就夠妳瞧的了。妳要我帶妳走，讓『宮娥』看見，怎麼得了，怎不等我回船，妳再暗地裡逃來？」

「小王子」說她只有藏在林之洋的大鳳轎，才有機會。林之洋同情「小王子」的處境，只好答應了。到了第二天，女王派人準備了大鳳轎送林之洋，又命「宮娥」替林之洋換回男裝，鳳轎四周，人來人往，左擁右擠，「小王子」沒機會躲進花轎，好不容易靠近了，只能說幾句話，她附在轎前趁告別時，說道：「這時耳目衆多，不能同去，請『阿母』設法來救我，要是超過十天沒來我住的牡丹樓，我的命就不保了。」

林之洋回到貿易船，和妻子呂氏、女兒婉如見面，抱頭大哭，高興得不得了。唐敖和多九公問起他被男扮女裝軟禁王宮的經過，林之洋一一敘述，聽得一船人都嚇壞了。婉如說道：「爸爸耳上還有一副金環，我幫您取下來。」

林之洋讓女兒取耳環，越想越生氣，說道：「那些個穿耳洞的『宮娥』不顧我死活，揪著耳朵就是一針，我現在想起來，還覺得痛。」又說：「聽說那女王昨天送妹夫回船，還送了一萬兩銀子當謝禮，眞有這回事嗎？」

「早就送來了，你怎麼知道呢？」

林之洋於是將那「小王子」對待他的恩情，以及

「小王子」的危險處理，說給大家知道。

唐敖和多九公也認爲應該將「小王子」解救出來，不過，王宮內警戒森嚴，這談何容易呢？林之洋說他在王宮待了十幾二十天，路徑並不陌生，只要唐敖和他作伴，兩人趁黑夜竄進去救人，應該沒有問題。

多九公放心不下，林之洋的太太更不讓他再去惹是非，再三苦勸，林之洋救人心切，一句也聽不進去。天黑之後，眞就和唐敖進城去，到王宮牆下，四顧無人，唐敖背著林之洋往上一跳，跳上牆頭，沿城牆走，來到一處安靜的庭院，林之洋說：「底下種了許多牡丹樹，這幢樓房大概是牡丹樓，我們下去看看！」

說著，兩人分別跳下牆頭，誰知雙腳剛落地，牡丹樹叢跳出兩隻大狗，狂叫不停，又把兩人的衣服咬住。

牡丹：是一種灌木植物，夏初開花，顏色有紅、白、黃、綠、紫等許多種，非常美麗，有「花王」之稱。

巡邏的警衛聽見狗叫，從四面八方趕來。唐敖掙脫了大狗，又縱身一跳，跳回牆頭。警衛們逮住了林之洋，拿著燈籠照他，一個警衛說：「原來是個女盜！」

另一個警衛眼色較佳，認出林之洋是國王新立的王妃，他說：「不知他爲什麼要穿男人的衣服，夜深了闖回王宮，其中必定有緣故，我們不可對他無禮，趕快帶去豔陽亭，交給『國王』！」

林之洋見了女王，又開始發楞裝傻，「國王」更加生了「憐香惜玉」之心，說道：「我知道你的意思，你是希望得我寵幸，也捨不得放棄榮華富貴，你既然有這個心，我當然會成全你，只要你再將小腳纏起來，纏成三寸金蓮，別又像從前那樣任性，將來我會加倍疼你的。」

林之洋又被押送回老地方，照樣又是換女裝，洗香湯、梳頭，還有要命的纏小腳。林之洋任宮娥們擺佈，心想：雖不幸被捉回來，但妹夫脱逃了，他總會回來相救，我先嚇嚇這些現實的宮娥，免得我這雙腳又要吃苦頭。

宮娥們看林之洋去而復返，「國王」仍舊對他寵愛，想起日前對他施以毒打的種種事，怕林之洋在「國王」那裡說他們幾句，將來誰都沒有好日子過，更別提還曾經少了林之洋飯菜、茶水的事，這時，只求林之洋這「貴妃」高抬貴手，沒記著前仇。林之洋對他們約法三章；纏腳、搽粉的事，他自己動手，小王子來找他說話，誰都不准站在門口偷聽；他要自己睡一房，誰都不准來嚕嗦。「宮娥」們聽林之洋又說他願意讓他們在外門上鎖，心想，這實在可大大放心了，順水人情放著不做，又待何時，於是統統答應了。

林之洋當他們的面，用力纏那個裹腳布，到了半夜，等房門一關，全又給拆卸得乾淨，舒舒服服的張了個太字休息。

睡到三更時分，忽然聽見樓窗有彈指聲，林之洋知道唐敖回來救他，他悄悄對著樓窗說：「妹夫你先回去，等明天我和小王子商量出對策，你只要看見樓上掛一盞紅色燈籠，你就來接我們，現在，你趕快走吧！」

唐敖「嗖」的一聲，三跳兩跳，眞就走了。

第二天，「小王子」得到消息，前來探望，林之洋告訴他唐敖等著救他們的事，「小王子」不禁感激流淚，計畫道：「明天正好是我的生日，『阿母』可吩咐宮娥準備盛大酒宴，到我的住處擺桌，到時，我們將有機會脫逃。」

第二天，林之洋依照計畫，將豐盛酒菜派人送到「小王子」住的牡丹樓，邀請「宮娥」們過樓去享用，「宮娥」們聽到消息，都歡歡喜喜結伴去到牡丹樓。

「小王子」和林之洋趁著人去樓空，開窗掛起一盞紅燈籠！

不多久，唐敖果然出現，把林之洋背在肩上，抱住「小王子」，月夜下一蹦一跳，越過幾層高牆，越過城池，竄到宮外，回到船上來。

多九公一見人到了，馬上開船離岸，片刻也不多留。

「小王子」換穿了女裝，拜林之洋為義父，拜呂氏

擺桌：擺好桌子，放上酒菜，就是請客之意。

爲母，見到婉如和蘭音也十分投緣。唐敖問她姓名，「小王子」說她叫陰若花，唐敖一聽，恍然一驚，暗地裡想到：夢裡所說十二種名花要我去尋訪，我到海外這些時間，處處留神，一種花也沒見到。偏偏所遇到的少女，都以花爲名，像那蕙兒、紅薇、紫萱、廉錦楓、駱紅蕖、魏紫櫻、尹紅萸、枝蘭音、徐麗蓉、姚芷馨，今天又出現這個『若花』，這又表示什麼呢？

林之洋脫險回來，又救出「小王子」收爲乾女兒，心情開朗，蹺起雙腳坐在椅上按摩，說道：「我這『纏足大仙』總算平安無事了！」一船人又跟著他笑起來。

林之洋被女兒國女王抓入宮，受封為「娘娘」。

第十七回　唐敖隱遁小蓬萊

軒轅國是西海第一大國，城牆像峻嶺一般，離城三、四里外有座玉橋，玉橋和城之間有一片茂密的梧桐林，梧桐林內有許多鳳凰往來飛舞，景象萬千，氣派非凡。

多九公邀約唐敖一同上岸參觀，走進城內，看見軒轅國的人，都是人面蛇身，拖著一條長長的蛇尾，也有將蛇尾盤在頭頂上的。這些人面蛇身的民眾，服飾和語言和中國差不多，舉止和相貌也還清秀文雅。

黃傘：帝王出遊時，所張的黃金大傘。黃色代表帝王之家的顏色。

城內道路非常寬敞，但生意買賣的人仍熱鬧擁擠，有趣的是，市場裡賣的鳳蛋，一堆一堆的疊放著，就像別處的雞蛋一樣平常。

唐敖和多九公到處走、到處看，忽然聽見吆喝聲，街上的人都向兩旁讓開，唐敖和多九公躲在人群裡看，看見兩把黃傘在半空移過來，一把黃傘上寫著「君子國」三個大字，傘下罩著一位國王，生得方頭大耳、相貌莊嚴，穿紅袍、戴金冠、腰間佩一把寶劍，騎了一頭花面大老虎，身旁一隊隨從，個個雄壯威武。另一把黃傘寫著「女兒國」，傘下那位女扮男裝的國王，正是強抓林之洋去當王妃的那位，她騎著一頭犀牛，也同樣跟了許多隨從。

唐敖心裡害怕，因爲那日解救的「小王子」陰若花此時正在貿易船，而這女王居然也來了，她是什麼用意追到軒轅國來？

多九公說讓唐敖去打聽打聽。

沒過多久，唐敖回來說道：「我們這次來的正巧。軒轅國的國王是黃帝的後代，為政向來賢德，與鄰國邦交，向來和好，每遇兩國爭鬥，他常代為和解，少去不少兵災人禍。今年正是他老人家一千歲生日，明天會有一場壽誕慶祝會，所以海外各國紛紛來祝壽，我們正好趕上看熱鬧！」

軒轅國王宮，全部開放，供民眾自由參觀，唐敖隨著多九公也混在人群裡走了進去。王宮內牌樓、金門、亭臺、樓閣一幢接一幢，將千秋殿包圍在中央，唱歌的、演舞臺戲的、音樂表演的一臺接一臺，他們走到內

黃帝：名叫公孫軒轅，他統一了中原，是中華民族的第一個帝王，也是我中華民族的共同祖先。

殿，看見高臺上坐了一排奇形怪狀的人，問清楚了才知道是各國使節坐兩旁，國王們坐正面，居中的那個人面蛇身，蛇尾盤在金冠上的便是軒轅國王。大家坐在臺上供民眾瞻仰，十分有趣。

唐敖看台上有長髮兩丈的人、有兩隻腿像高蹺一樣長的人、有一個頭卻三個身體的人、有長翅膀的人、有鳥嘴尖尖的人、有三個頭顱的人，他看得眼花撩亂，頭都暈了。看著看著，一眼瞧見女兒國那個女王也在座，多九公說：「怕什麼，林之洋是你妻舅、女王又是小弟妻舅之夫，那她就是你的『舅夫』了，你正好過去認親，我也好沾光！」

「這個玩笑開不得，到時她又抓我去纏小腳，怎麼辦呢？我可沒有林之洋的堅忍耐性呀！」唐敖說道，趕緊要離開。這時，林之洋卻來了。他聽說這裡正在演戲，忍著才復元的一雙「金蓮」的疼痛，一拐一拐擠了過來。

林之洋剛到，臺上的女兒國女王馬上看見了，兩眼直楞楞的直朝著他看，一時還不敢確認似的，林之洋這一驚不小，反拖著唐敖和多九公半彎腰混進人群裡，逃得比飛還快，回到貿易船，馬上啓航，看戲的事，一句也不敢再提。

掌舵的多九公說起軒轅國鄰近，有個「不死國」，國中有座員邱山，山上有棵不死樹，吃了樹葉可以長生不老，還有一口紅泉，喝一口鮮紅的泉水便能長命。但是需迂迴經過許多海島，一不小心就會迷航，所以很少有人能上岸找尋不死樹和紅泉。

羅盤儀：用磁針指示方向的儀器，使船在茫茫大海上能辨識方向。

帆：裝在船上，使其被風吹動能帶動船的行駛。風越大，帆起鼓，船就走得越快。

唐敖和林之洋不怕航路難走，一心想上去看看，多九公只怕自已不該開了這話題，激起他們的好奇心，只好打起羅盤儀，校正航線，朝著不死國前進。

三月小陽春，海上風平浪靜，貿易船航行了幾日，並沒見到多九公所說的艱險，反倒是氣溫暖和，十分愉快。

就在這一天，唐敖和林之洋在船後閒聊，忽然聽見多九公緊張兮兮的呼叫水手們：「那邊有塊烏雲壓過來了，不久就會起風，大家趕快把船帆拉下一半，用繩索綁牢！」

唐敖朝外一看，天空晴朗，並沒有起風的跡象，雖然有一朵黑雲在遠處海面升起，但似乎不值得大驚小怪，他說：「多九公存心嚇唬我們，要我們打消到不死國員邱山的念頭。多九公，你少騙人了。」

林之洋卻不敢過份樂觀，說道：「那眞的是一塊風雲，多九公經驗豐富，我們還是聽他的，要多加小心。」

林之洋的話還沒說完，就被呼呼的風聲壓過去了，波浪滔天，天色全變了。貿易船順風吹去，像箭一般快！

多九公和所有水手們都慌了，船帆被風吹得鼓脹，收不下來，船帆不收，船更加駛得飛快，唐敖和林之洋的妻小躲在船艙裡，只曉得害怕，任船身給風波吹襲，不知要往哪裡去。

這陣狂風巨浪一連吹了三天，才稍微轉小。一船人費盡力氣，將船停泊在一個山腳下，林之洋說道：「我自從年少就在海洋來來往往，從沒遇到過這種從早到晚，一連吹三天的風浪，弄得我頭暈腦脹，也不知給吹到那裡來了。」雖然遭遇這種驚險，林之洋仍不改他風趣的習性，又說：「要是這陣風浪是朝我們駛過的路颳回去，再走兩天，只怕我們要到家了。」

林之洋不認得所在，多九公認得，他說：「這裡叫普度灣，要是我沒看錯，我們的貿易船，在這三天裡，整整走了一萬里船程。」唐敖爬上舵房，遠遠望見一座大山嶺，比東口和麟鳳山還高壯雄偉，青綠參天。這三天悶在船艙，只聽得濤聲，看見巨浪，這回能見到陸地，又是這樣一座雄奇大山，精神不覺一振，又想上岸一遊。

林之洋操心勞累，受了風寒，不願上岸，唐敖只好再約多九公作伴。兩人上岸不久，看見一塊石碑，刻著「小蓬萊」三個字。

兩人繞過峭壁、穿過叢林，景色豁然開朗，山明水秀，一群群大鶴和麋鹿，見了人不但不驚怕，還肯讓人撫摸；到處長滿松果、柏子，氣味清香，彷彿仙境一般。唐敖贊嘆道：「這麼好的地方，怎會沒有神仙呢？想來那陣狂風巨浪是專程送我到這裡來的。」

多九公看唐敖流連忘返，於是說道：「這裡山色雖美，但是天色快暗了，往前走，山路更崎嶇，我們得回去了，明天假若風大，不能開船，我再陪你看個夠。林之洋身體欠安，我們更應該早些回去探望才對。」

唐敖卻仍戀戀不捨，望著小蓬萊的山光水影，捨不得走，說道：「不瞞多九公，自從小弟登上這座仙島仙山，名利心全拋空了，懶得再回紅塵。」

多九公笑道：「有人讀書變成『書呆子』，唐兄今天遊來遊去，竟要變成『遊呆子』；不要再開玩笑了！」

這時，迎面來了一隻白猿，手拿一枝靈芝草。白猿身長不到兩尺，兩隻紅眼，一身硃砂斑，非常可愛。唐敖和多九公動手去抱牠，白猿連蹦帶跳，往山下跑，兩人在後面追趕，白猿躲進一個石洞，洞淺，唐敖不費力就抱住了白猿，多九公搶了牠手上的靈芝草，一口吃下。兩人一同下山。

回到貿易船，林之洋早已睡了，婉如聽說捉住白猿，和蘭音一同逗著白猿玩耍。唐敖默默吃過晚飯，將衣囊收拾妥當，也去睡了。

硃砂斑：硃砂是水銀和硫黃的化合物，呈紅色。硃砂斑是指紅色的斑。

第二天，天色晴朗，徐風順向，適合航行，一船人忙著準備開船，那知唐敖卻早早上山去了！

林之洋臥病在牀，多九公吃了靈芝，整整拉了一晚的肚子，他們都沒氣力上小蓬萊尋找唐敖，林之洋的太太呂氏只好派水手們分路去找，一直找到天黑，仍不見唐敖蹤影。

第二天，林之洋病體略好，也勉強上山。一連找了幾天仍然沒有消息，多九公說道：「我看唐兄這次隨船出海，嘴說出來散心遊玩，尋訪名花，其實早已下定決心遁隱修道，前幾天，我們上到小蓬萊，他已有不歸的意思，我勸大家不必再找了，讓他去吧！」

一連上山幾天尋找唐敖的水手們，大家約齊，來到船中，向林之洋說道：「小蓬萊的峻嶺既無人烟，又多怪獸，我們每夜提著器械輪流守夜，還不放心。唐相公獨自一人前往，去了這麼多天，就算不給猛獸吃掉，也活活餓死，我們一等再等，要等到何時呢？現在順風，適合航行，再不開航，等到逆風，缺了水米，大家也要跟著受難了。」

林之洋聽了，搔頭摸耳，拿不定主意。林太太說道：「你們說的沒錯，但唐敖是我們的骨肉至親，怎能說不管就不管呢？要是唐相公回頭來找船，不見我們，這不叫他白白送命嗎？你們既然要走，我也不敢多耽擱，就以今天開始計算，再等半個月，如沒有消息，我們就開航。」

水手們無可奈何，只好每天等候，等得怨聲不絕。林之洋只得裝作沒聽見，仍然每天上山找尋。

半個月過去了，唐敖還是沒回船來，水手們收拾裝備要開船了，林之洋還不放棄最後機會，一定要多九公陪他再上山找一次。

林之洋和多九公在山上到處找，走得滿身大汗，腿腳無力，路過小蓬萊石碑，石碑上赫然題了一首七言絕句：

逐浪隨波幾度秋
此身幸未付東流
今朝才到源頭處
豈肯操舟復出遊

詩後題著「因返小蓬萊舊館，謝絕世人，特題二十八字，唐敖偶識。」

多九公說道：「林兄可看見了？我早已說過，唐兄是成仙而去，林兄總不相信。你看他『謝絕世人』四字，其他可想而知，我們走吧，還痴心找什麼？」

兩人回到船上，把詩句寫出來給呂氏看過。蘭音望著小蓬萊慟哭；婉如和若花也流淚不止。貿易船開動了，漸去漸遠。林之洋看著小蓬萊，含著一把眼淚，指揮貿易船揚帆往嶺南開回來，這趟國際貿易，只好做到此地爲止了。

第十八回　床底下的秘密

林之洋的貿易船在海上走了好幾個月，終於在第二年六月平安回到嶺南。他和太太呂氏商量，暫時瞞住妹妹，說妹夫海外回來後，又趕著去京城參加考試，等考完試才會回家。這雖不是長久之計，但總是有個緩衝，免得妹妹承不住打擊而病倒。

蘭音認唐敖爲義父，理該這時去拜見義母，但林之洋怕她口風不緊，只好連同若花一起暫住多九公家，多九公還特地把他兩個甥女田鳳翾、秦小春接來作伴，四個女孩年紀相當，個個都讀過詩書，而且都有一雙巧手，能繡花、織布，相處非常愉快。

林之洋交代妥當，原想帶太太同去廣東惠陽，因爲太太懷孕，恐不耐奔波，於是自行將女兒國王酬謝唐敖治水有功的賞銀，帶到妹妹家中向她解釋。

唐敖的太太林氏，自從得了唐敖考中「探花」，又被降爲秀才的書函，天天盼望他回來，沒想到丈夫雖然回到嶺南，又隨兄嫂上船到海外遠遊去了，她擔心丈夫不習慣海上生活，反過來也埋怨兄嫂不該貿然答應讓唐敖出海。

唐小山思念父親，常寫詩排遣，曾寫了一首七言律詩：

夢醒黃粱擊唾壺，不歸故里覓仙都。

七言律詩：每句七個字，一共八句的詩。若是四句的詩，叫「絕句」。律詩和絕句，都有七言（七個字）和五言（五個字）之分。

九皋有路抬雲鶴，三匝無枝泣夜烏。
松菊荒涼秋月淡，蓬萊縹緲客星孤。
此身雖恨非男子，縮地能尋計可圖。

唐小山的詩文，連叔叔看了也讚歎，鼓勵她好好準備，明年上京城應考，若能得個「才女」的匾額，光是補償父親的不如意，武則天新創的女科，誠然是劃時代的創舉，不把握，太可惜。

唐小山自己用功，也督促弟弟唐小峰讀書，但是父親遠遊，久無音訊，不免牽掛。林氏也常派人回娘家打聽消息。

這一天，林之洋來到妹妹家，一家人看他獨自一人回來，忙不迭追問唐敖的消息，林之洋將過去一年海上生活約略報告了，也扯了唐敖不回家的那個謊。

女科：武則天時代，專門開放給女子應考的項目。

妹妹一家人都覺得詫異。

唐敖的弟弟唐敏說：「我哥哥向來功名心切，但也不至於這麼嚴重，先是過門不入，現在又上京城去，難道考不中就不回家嗎？何況，就算他再考中，不怕又給武則天皇帝取消資格？這不成理由！」

林之洋的妹妹，說道：「這都怪哥哥不該帶他到海外，遊來遊去，遊得連家都不要了！」

唐小山也說：「那年是舅舅帶我父親出海的，現在我父親上京城，也是舅舅放他走的，這個責任，舅舅推不乾淨，求舅舅送我到京城找父親，就算他不肯回來，我見他一面也安心。」

林之洋被質問的有苦難言，看唐小山因思父心切，一心要去尋父，更加害怕，趕緊說道：

「明年，甥女也要上京考試，不如明年趕過郡考，我陪你提早上京，應考與省親一舉兩便。妳父親一年在外的時間多，哪一次不是平平安安回來，妳不用操心，現在用功讀書，好好服侍母親才是最好的辦法。」

林之洋將女兒國王酬謝的一萬兩銀子轉交給妹妹，還有廉錦楓所送的大珍珠也一併託交，吃過晚飯，怕妹妹和甥女想起又來責備，坐立不安，推說有事趕緊回家去。

林之洋的太太，過後不久生了一個兒子，但產後失調，兼又懷孕期間在海上奔波，身體虛弱，病情非常嚴重。

唐敖的太太林氏，帶著唐小山和唐小峰姊弟到林之洋家中陪伴，料理些家事。這一天，呂氏吃了兩帖藥，精神好多了，坐在牀上和林氏說話。唐小山和婉如在外祖母房間繡針線，忽然看見從小蓬萊帶回的那隻白猿，在外祖母牀下抓出一個枕頭玩耍，唐小山接過來一看，看著好像是自己家的東西，再揭開蚊帳，朝牀底下一看，看見一個包裹。

外祖母隨即來阻止唐小山，說道：「那是我的棉被，骯髒東西，妳不要去動它！」

小山見外祖母舉止慌張，更覺得疑惑，硬將包裹拉出來，攤開一看，正是父親平日所用的隨身物。

小山的媽媽林氏聞聲趕來，看見這一包東西，嚇得魂魄飛散，放聲大哭，知道凶多吉少，否則怎有這一包遺物給藏在牀底下呢？唐小峰看媽媽和姊姊驚慌成這樣子，也跟著啼哭。

唐小山忍住眼淚，到舅媽房間請林之洋過來，指著包裹，一定要舅舅實說父親的遭遇。

林之洋頓腳想道：他的包裹原放在櫥內，我怕妹妹回娘家看見，剛把它藏在牀底下，竟給這隻白猿給搜出來，這也是命運註定啊！於是照實說了，說在海上遇見狂風巨浪，船在小蓬萊靠岸，唐敖被那景色迷住，決心隱遁山林，一船人找了一個月，只看到小蓬萊石碑上的題字等等。

唐小山一邊哭，一邊說：「這種事早該告訴我們，怎麼可以這樣隱瞞呢？要不是我今天發現包裹，不還被蒙在鼓裡。舅舅怎能讓我父親永遠流落海外，舅舅一定要將我父親交還，不然，我這性命也一併賠給舅舅！」又說：「隱遁小蓬萊的事，不知是眞是假，舅舅一再騙我們，教我們怎麼相信你的話？」

林之洋無可奈何，忍著請妹妹一家子到太太的病房，讓她來說。病中的呂氏掙扎起來，倚靠在牀頭，說道：「這件事完全眞實，大家可以看看唐敖留在石碑上的詩句，我們抄下來了，你們看他這樣寫：『逐波隨浪幾度秋，此身幸未付東流。今朝才到源頭處，豈肯操舟復出遊。』他明明看破紅塵，貪圖仙景，再要我們找，哪裡找他出來？」

唐小山看舅媽誠懇，所說的似乎不假，安慰母親說：「看這詩句，果然是出自父親文筆，父親並未遭遇大難，這還可喜，我們暫且忍耐，等舅媽過了滿月，女兒便跟隨舅舅回小蓬萊將父親找回來。」

林之洋聽唐小山這麼一說，心生害怕，勸解道：

滿月：指嬰兒出生後滿一個月。通常都會有個小小的慶祝儀式。

「你從來沒有上過海船，海上的顛簸暈眩，非常難受的，這一出海，誰也說不準是三年還是五年，這不就耽誤了妳應考的時機嗎？」

唐小山不在意求取功名，一心只想把父親找回來，她說：「我父親看破紅塵，我母親怎麼辦？我要是找到他，總會求他憐憫我們一家子，父親一定會回心轉意跟我回來的。」

林之洋答應代爲出海找尋，唐小山仍舊不肯，非得親自跟去不肯，林之洋被這外甥女纏得沒辦法，也只有答應了。他答應等呂氏生產滿月後，將買賣貨物準備妥當，啓航時間約在八月初一。

唐小山回家後，請奶媽把家中的桌椅全搬到庭院來，高高低低排成一個方陣，每天在那桌椅方陣上跳高跳下，説是練腳力，將來到了小蓬萊才有氣力爬山。

多九公禁不住林之洋再三懇求，也答應再度出海掌舵，多九公並建議説：「唐小山既到海外，你妹妹總得有人陪伴，何不將蘭音小姐送去，何況她曾拜唐敖爲義父，由她去服侍義母也理所當然，至於陰若花是你義女，就帶上船和唐小山作伴。」

唐小山和陰若花見了面，只覺得面熟投緣，歡喜有這樣的姊妹作伴。田鳳翾問唐小山有關明年六月赴京趕考的事，能不能回得來，她和秦小春可以陪考。

林之洋聽她們一群姊妹説論，插嘴説：「去年我和唐小山她爸爸正月起身，今年六月才回來，足足在海上五百四十天，這次出海，就算一路順風，不到各國耽擱，單是繞那座門户山，也要幾個月，明年六月怎趕得回來?我看明年開辦的女科考試,千載難逢,唐小山不如留下來參加吧!」

唐小山隨即說道:「如果甥女去參加,也未必能考中才女,就算我考中了,這頂紗帽誰戴呢?我若只顧著考試,把父親丟在腦後,就算戴了紗帽,也免不了『不孝』的罪名。」

這回,大家都下定主意了,等著八月初一出航!

唐小山發現父親唐敖在蓬萊遁隱的事。

第十九回　唐小山出海尋父

林之洋帶著妻子兒女，還有唐小山和陰若花再度出海。唐小山第一次搭乘海船，禁不住風浪的暈眩，身體很不舒服，對於海上景色無心欣賞，常獨坐流淚。她的舅舅林之洋感到詫異，說：「去年唐敖出海遠遊，看什麼都讚不絕口，他女兒倒又完全相反，看什麼都增添煩惱，這些景色和去年也沒變呀！」

人情世故經驗豐富的多九公，說道：「唐小姐心中有無限牽掛，擔心她父親在小蓬萊受了苦難，當然沒有五湖四海：泛稱各省各地。

心情遊賞。古人說：『無雲之月，有目者所快睹也，而盜賊所忌；花鳥之玩，以娛人也，而感時惜別者因之墮淚驚心』所以見境以生情，或緣情而起境，莫不由於心造，絲毫不能勉強。」

多九公是個五湖四海遊遍的長者，見多識廣，林之洋請他多和唐小山談談，寬解她的愁悶。但唐小山水土不服，加上海上風浪洶湧，終於病倒了，足足躺在床上一個月起不來，精神虛弱，滿臉病容。

這天，貿易船到了東口山，林之洋說起唐敖聘駱紅蕖爲媳婦的事，唐小山在父親遺留的包裹內看過一封書信，曾經提過這件事，唐小山知道駱紅蕖有能力打老虎，若肯一同去尋找父親，那就太好了，決定上午去拜訪。誰知來到蓮花庵，裡面空無一人，兩個農人告訴他們，駱紅蕖已回中國去了。

一行人又轉回貿易船，離船不遠，看見一位老道姑，手中拿著一朵靈芝，一邊唱歌，一邊說要求讓她渡船到對岸，她手上的靈芝就當船資，問她要渡到那裡，她說要去「回頭岸」，又唱道：

我是蓬萊百草仙、與卿相聚不知年，
因憐謫貶來滄海，願獻靈芝續舊緣。

唐小山聽了，心中一動，連忙上前合十，請老道姑上船。多九公說道：「他這靈芝並不是什麼仙品，唐小山須要留神，不可被妖人騙去。我曾在小蓬萊吃了一朵靈芝草，瀉了好多天肚子，差一點沒命，到現今還留著病根呢！」

道姑說：「這是老翁與這靈芝無緣，其實靈芝哪會

斑鳩：鳩念ㄐㄧㄡ。一種像鴿子的鳥，後頸有黑色斑環。

害人？好比桑椹，人多吃可以延年益壽；斑鳩吃了卻昏迷不醒。又像那薄荷，人吃了可以清熱，貓吃了卻大醉。這靈芝原本是仙品，如遇有緣，自能立登仙界，若誤給貓狗吃了，牠哪能不生病呢？」多九公知道老道姑言中帶刺，氣得冒火，卻又無可奈何。

唐小山請道姑到船艙裡坐，自己和婉如、若花陪坐，道姑將靈芝送給小山食用，小山吃下，頓時覺得神清氣爽，請問道姑的名號。

道姑說她叫「百花友人」，唐小山心中暗想：「她這『百花』二字，怎麼我一聽像給人當頭一棒，覺得親切、熟悉，難道我和『百花』有什麼緣分嗎？」又請問道姑從哪裡來？往那裡去？

道姑笑說：「我從不忍山、煩惱洞、輪迴道上來，我要去苦海邊的回頭岸，那裡有個仙島叫『返本島』，島上有個仙洞叫『還原洞』。」

「您要找的是什麼人？」

「我去找那總管群芳的化身。」

唐小山腦海中似乎微光閃現，若迷若悟、若醉若醒，呆了半刻鐘，忽然向道姑下跪說道：「弟子無知，請仙姑大發慈悲，助我脫離紅塵苦海，我情願做仙姑的徒弟。」

多九公和林之洋不放心那道姑，不知她來意如何，一直在船艙外偷聽。他們聽見唐小山居然要拜道姑爲師，嚇了一跳，林之洋忍不住衝進去，指著道姑罵：「妳這個妖婆，敢在我船上妖言惑衆，妳再不走，小心吃我一拳。」

唐小山趕緊擋著，說道：「舅舅，不可動手，她是眞仙！」

道姑微微一笑，說道：「『纏足大仙』何必動怒，我來這裡是幫你們解脫災難，既然無緣，我只好失陪，我們後會有期，大約回頭岸就可再相見。」說完，獨自下船去了。

小山埋怨舅舅不該得罪道姑，林之洋卻說：「我是看在妳的面上，否則早打她一頓了。」話這麼說，但是這道姑居然一口叫他「纏足大仙」，這句話說得怪異，去年在女兒國被纏腳、穿耳洞的事，怎麼會讓她知道呢？這句笑話只有兩三人聽說過，又是誰傳出去？心中不免驚奇。

過了兩天，貿易船停泊水仙村。

青面獠牙：獠念ㄌㄧㄠˊ。形容面貌凶惡可怕。獠牙是露在外面的長牙。

海中忽然竄出許多青面獠牙的水怪，跑上船來。水手們都到岸上去了，林之洋看見水怪們直奔船艙，把唐小山拖出來，他放聲大叫水手們上船來放鎗，一轉眼，卻看唐小山已給水怪們拖到海裡去，海面上留著一些泡沫。

一船人都慌了，多九公趕緊派去年曾潛水下海找尋廉錦楓的水手再度下去找人，這水手親眼看見青面獠牙的水怪，心中害怕，硬又拖了一個水手作陪，一同潛下海去。不多久，浮上來說：「海底並無動靜，找也無從找；唐小山就這樣不見了。」

林之洋嚇得臉色都變了，說道：「我的甥女啊，妳死的好慘，妳教我回去怎麼向妳母親交代？我只好跟妳一道去了。」說著，也跳下海去。

多九公大喊救人！那兩個剛上船的水手，又撲通下海打撈林之洋，七手八腳，救回了林之洋，他已沒氣了，一肚子脹滿了海水，圓鼓鼓地。一船女眷哭成一片。多九公叫水手扛來一口大鍋，鍋底朝天，讓林之洋趴著，拚命擠壓，將他肚裡的海水擠出來，人漸漸甦醒，說道：「我這甥女一定沒命了，我才跳下海就給撈起來，已這德性，她還能有救嗎？」

多九公說道：「我越想那個道姑，越覺得怪異，她會一口喊你『纏腳大仙』，這不有些玄奇嗎？我看這件事得求她幫助了。」

林之洋硬撐身子，派水手擺桌，點了香，自己洗淨雙手，跪在甲板暗暗禱告，求神仙救唐小山一命。

從大白天到黃昏，又從黃昏到明月高掛，林之洋仍跪著不起，他說：「要是沒人救，我只好跪到死爲止，這輩子誰也不要叫我起來。」

到了夜半三更，月色更明亮，林之洋望見兩個道人從遠處海面飄過來，一個黃面獠牙，一個黑面獠牙，頭上都戴束髮金箍，身後跟著四個小孩，林之洋連連叩頭，哀求道：「神仙救我甥女的性命！」

「居士不必多禮，我們既然來了，當然要救人，何必苦求！」黃面獠牙道人說道，又吩咐身後的小孩說：「屠龍童兒、剖龜童兒，你們快到苦海將孽龍和惡蚌抓上來。」

黑面獠牙的道人也吩咐身後小孩，說：「你們下海去拯救唐小山。」

沒過多久，唐小山果然被送回船上。唐小山雙眼緊閉，多九公扳開她的牙齒，林之洋把回生草塞進去，又過了一會兒，唐小山吐出幾口海水，人便清醒了。

剖龜童兒手拖一隻大蚌從海底上來，向黑面道人報到。

隨後屠龍童兒也上船了，向黃面道人說道：「孽龍不肯上來，我本想將它殺了，但沒有道人命令，不敢動手。」

黃面道人手執拂塵，往下一揮，海水分開，讓出一條路，黃面道人親自下去，抓了一條青龍，罵道：「你這孽畜，既已罪犯天條，被謫貶入海，應當靜修以贖前罪，怎麼又做這犯法之事？」

「小龍被貶落到深海後，從不敢亂來，今天因爲聞到一股芳香，問清了大蚌兒，才知道唐大仙的女兒從這裡經過。大蚌兒說唐大仙的女兒是百花仙子的化身，如果和她結成夫妻，便可以長生不老，小龍一聽迷惑，才又犯了大錯。百花仙子昏迷不醒，我還特地到蓬萊求取仙草，遇見百草仙姑，求她賜給我回生草，唐小山手中握著的仙草可以為證。」

黑面道人轉頭問大蚌，為什麼要設下這種毒計害人？大蚌說：「種種事情，都有前因，前年唐大仙經過這裡，救了一個姓廉的女孩，她為了報答唐大仙，竟然殺了我的兒子，取了蚌中明珠獻給他。我兒子這條命等於是唐大仙害的，小蚌記在心中，永遠不能忘，所以要抓他女兒報仇！」

黑面道人和黃面道人一行，不輕易殺生，處罰青龍和大蚌囚禁在無腸國的廁所裡，抓著它們離去。

甦醒過來的唐小山，虛弱的向大家說道：「只要找到父親，我受了再多妖魔的折磨也心甘情願，希望別讓大家也跟著受累就是了。」

第二十回　玉石碑的才女名單

林之洋的貿易船載著唐小山繼續往小蓬萊航行。

一路談起冥冥中有仙姑相助的事，多九公說道：「唐小姐的孝心感動天地，所以一再有仙人救難，這些仙人總提到『百花』，難道唐小姐眞是百花投胎轉世的嗎？」

唐小山笑道：「要眞是百花，那該是一百種花，哪有百花託生一人呢？大家別把這件好事攬到我身上來。」

林之洋也說道：「當個平凡人還清靜些，省得胡思亂想，又生別的事來，我們一船人都麻煩。」

這天，貿易船走著走著，給一座峻嶺海島攔住去路，一船人竟不敢確認這座海島叫什麼名字，連航海經驗豐富的多九公也說：「上次我們在這附近遇到風暴，似乎也不是，該不該上去看看呢？」

林之洋邀多九公先上岸查一查，兩人上了山坡，走了好長一段路，迎面一座石碑，寫的是「小蓬萊」三個大字，才知道也回到小蓬萊了。趕緊奔回貿易船告訴唐小山。

唐小山非常高興，隨即和婉如、若花一同上去，當她們轉過「小蓬萊」石俾，赫然看見唐敖所題的詩句，唐小山看見父親所寫「……今朝才到源頭處，豈肯操舟

洞天福地：指神仙居住的名山勝景。傳說仙經有三十六洞天，七十二福地。

復出遊」的詩，不禁流下眼淚。淚眼四望，又暗暗點頭，在心裡說道：「這樣的山光水影，彷彿登了仙界，怪不得父親不肯離開，連我到這洞天福地也雜念全空呢！」

唐小山告訴舅舅說：「看來這山裡無人煙，也沒有猛獸，純然是一派仙景，我自己去尋找父親，最多一個月，要是能找到父親，最好，要是找不到也會回來報信，讓舅舅放心，然後再去尋找。」

陰若花聽唐小山說她一人去尋找，趕緊說：「我曾經學過騎馬射箭，一般兵器也學過，不如讓我帶著兵器跟小山妹妹一同入山，相互有個照應。」

大家擔心蓬萊山上既無房屋，又無茶飯，兩個女孩上山，怎麼辦呢？唐小山聽了也一楞，想了想，說道：

豆麵：用豆子磨碎做成的麵粉，沖水可食用。

麻子：芝麻種子，是一種穀類食物。

「我細細觀察這座山，層岩峭壁，怪石嶙峋，高高低低，接連不斷，雖然沒有屋舍，但到處都可藏身，就是那松蔭茂林下也可休息，要是遇現成石洞，那就更好了。至於吃的東西，古人草根樹皮都可充飢，何況這山裡似乎有不少果樹，我們不會餓肚子的。」

林之洋取出一包豆麵和一包麻子，說：「妳們先將豆麵儘量吃飽，這可以挨七天，到了第八天再吃一頓，就可以四十九天不餓；要是口乾，可將麻子拌水吃，便不渴了，這是我們海船的救命仙丹，妳們好好放著。」又說：「這豆麵和麻子的配方，還是小山的父親傳下的，妳父親積的陰德，總算今天派用在妳身上了。」

唐小山和陰若花腰間繫綁一條絲帶，各掛一支防身寶劍，頭上都戴大紅色的氈帽，外帶一件棉衣，兩人打扮差不多，只是唐小山穿大紅短襖，陰若花穿杏黃色短襖。一船人送她們到了平坦的地方，再三叮嚀她們要相互照顧，就算山中沒有虎豹，夜晚也得在隱蔽處藏身，希望上天垂憐，一切事情逢凶化吉，能順利找到父親，早早回來。

姐妹兩人，背著包袱，大步向內山走去。

山路彎彎曲曲，而且不太清楚，唐小山怕將來回頭找不到路跡，在每一處轉彎都用寶劍在山石樹木畫個圈圈，或寫「唐小山」三個字，她們一路走，一路找了松樹枯洞或山洞休息，走走停停，停停走走，走了半個月。

這一天，忽然看見一個人影走近，兩人都一陣驚喜，原來是個白髮樵夫，唐小山迎向前去問道：「老先生，請問這山叫什麼名字，在前方有人家嗎？」

白髮樵夫，說道：「這山總名叫小蓬萊，前面這長嶺，名叫鏡花嶺，嶺下有一座荒墳，過了荒墳便是水月村，但是沒住多少人，妳們找誰去呢？」

唐小山說了父親名字，簡單說說尋人的動機，白髮樵夫說道：「這人我知道，我們常在一起，他還有一封信託我帶到山下，要是看見中國船隻來岸邊休息，便交給他們，妳們來得正巧。」老翁將信交給唐小山。唐小山看見信封上寫著「吾女閨臣開拆」，雖是父親的筆跡，信封所寫的名字卻又不是自己的。

白髮樵夫看唐小山詫異，於是又說：「妳看了家書，再到前面看看泣紅亭的景致，便會完全瞭解信中的意思了。」說著，神采飄逸的離去了。

唐小山將信封拆了，和陰若花一起看家書，說道：「父親既然說等我考中才女才與我相聚，爲什麼現在不和我們回去，又叫我改名爲『閨臣』應試，要我趕赴考期，不要耽誤。話是不錯，但我們迢迢數萬里才到小蓬萊，哪有不見一面就離開的道理，我們再往前找找吧！」

兩人舉步越過山嶺，見路旁有一墳墓，墓碑上刻著「鏡花塚」三個大字，不知道「鏡花」指的是什麼形象，是人名還是紀念碑。

又往前走了一里路，正面一座白玉牌樓，刻著「水月村」三字，四面觀望並無人烟，一道長溪上架著一株傾倒的松樹，當天然橋樑，水秀山明的景色裡，有一座紅亭在遠處彷彿招喚她們。只覺得這紅亭光耀奪目，令人屏息。

唐小山和陰若花走到紅亭，看亭柱有一對聯，寫的是：桃花流水杳然去，朗月清風到處遊。

唐小山說：「剛才那樵夫教我望望紅亭景致，那知卻在此地，內中有何美景，我們何不進去看看。」剛要舉步，亭內一聲脆響，亮起一道紅光，一位左手執筆、右手執斗的美貌神仙飛了出來，轉眼間駕著彩雲在半空中。

紅亭內立著一塊白玉碑，上面密密麻麻刻了一百個姓名，唐小山慢慢走著，一一看去，赫然發現兩人的名字都在上面：「……司百花仙子第十一名才女『夢中夢』唐閨臣，司牡丹花仙子第十二名才女『女中魁』陰若花……」一連串姓名中還有一些熟悉的人名：第二十二名才女盧紫萱，第三十二名才女廉錦楓，第三十三名才女駱紅蕖；幾個熟識的姊妹都列名其上。

唐小山說：「父親命令我改名，意和第十一名才女的『唐閨臣』一樣，若花姊姊和婉如、蘭音妹妹也在碑文中有名，我聽說古人有『夢觀天榜』的事，難道這就是傳說中的天榜嗎？若花姊姊，您說這是不是天榜？」

陰若花笑道：「全都是篆文，我一個字也不認得！」

「這都是普通楷書，您怎麼說是篆文，姊姊別和我開玩笑了。」

「我開什麼玩笑，我看這碑文，只覺得紅光四射，又不認得那些字，頭都昏了，小山妹妹，妳把碑文記住，以後再告訴我們好了。」

篆文：是一種字體，又分爲大篆、小篆，盛行於較古的秦朝等時代。現今刻印章常用此種字體。

名冊之後還有一段三百字的總論，唐小山怕記不下來，在紅亭外找了一片蕉葉，削了竹籤當筆，一字一句地抄寫，唐小山想將榜文也一併抄下，寫著，忽然又想，把這碑文抄寫清楚也得花些時間，白玉碑立在這裡也不會消失，不如先將父親找到，回頭再來慢慢抄。

於是放下竹籤、蕉葉，背起包袱，和陰若花繼續往前走，又走了好長一段路，聽見水聲轟隆轟隆響，兩人翻過山坡，看見迎面一座深潭，有幾十丈寬，把路攔堵住。這座深潭由許多道瀑布匯集而成，水煙瀰漫間，只見路旁石壁上寫著許多大字：

義關至性豈能忘
踏遍天涯枉斷腸
聚首還須回首憶

蓬萊頂上是家鄉

詩後寫著「嶺南唐以亭即事偶題」，所題的年月，竟然就是今天！

唐小山見了，只是發呆。陰若花說道：「阿妹不要再發楞了，剛才我們從這裡走，石壁上並沒有題字，怎麼一轉眼間，卻出現了詩句，不是神仙哪能做這樣的事？看來我們只有回頭，暫回嶺南了。」說著，牽唐小山的手轉回泣紅亭，又摘了許多蕉葉，削了幾枝竹籤，告訴唐小山：「阿妹在亭內只管抄寫，不必分心理我，反正那些碑文，我一個字也看不懂，怪不得俗話說『有緣千里來相會，無緣見面不相逢』，我到處走走看看，妳安心的抄錄吧！」

玉石碑上的文字，唐小山抄到第二天才寫完，將蕉葉摺放在包袱內，轉身下山。

回頭的路，彷彿走岔了，那些樹木，山石和流泉，看來都覺得陌生，兩人走著，越走越焦急，就在這時，兩人同時聽見樹葉刷刷亂響，剎時吹起一陣旋風，帶著腥味，半空中跳下一隻斑毛大老虎。

唐小山和陰若花手忙腳亂，趕緊拔出寶劍站了起來。

這隻大老虎，兩眼放射紅光，高高豎起的尾巴搖了兩下，山崩地裂的大吼一聲，向著兩人撲來。

大老虎飛越過兩人頭頂，唐小山和陰若花舉起寶劍保護頭顱，轉身再看越過的老虎，竟然咬著一隻山羊，把整個羊頭吃了，吐出兩隻角，一整隻山羊沒幾口就給吃得乾乾淨淨。

唐小山和陰若花來不及逃跑，大老虎舔著嘴唇，接著前腳，搖動尾巴，發威作勢，又要撲向她們，兩人暗叫「不好」！

這時，一陣鼓聲像雷鳴，震得山搖地動，由山頂奔下一匹渾身白毛的怪馬下來，這匹怪馬的背上長了一角，四個虎爪，一條黑色的尾巴，那陣鼓聲不是馬蹄聲，是牠口中發出來的，大老虎見了牠，沒命逃了去！

這匹怪馬來到她們兩人面前，搖頭擺尾，樣子卻又溫馴可愛，陰若花膽子大，對這匹怪馬說道：「我和唐閨臣（唐小山）到小蓬萊尋親，已經二十多天了，走得雙腳痠痛，你今天救我們一命，我們姊妹十分感激，不知你能不能載我們越過山峰，回去海邊搭船，一船人都在擔心我們呢。」

陰若花將腰帶解下來，繫在馬脖子當繮繩，怪馬並不反抗，兩姊妹於是騎了上去。

兩人騎在馬背，覺得非常平穩，騰雲駕霧一般，怪馬將她們平安送回山嶺下。

唐小山尋父途中，發現一座刻著才女名單的白玉碑。

第二十一回　山寨夫人威風八面

唐小山回到貿易船，見了舅舅，把「遇見樵夫，接著父親之信，囑我回去赴試，等考中才女，才能見面」的話告訴他。

舅舅接信一看，說道：「妳父親自有他的主張，他既然這麼說，你們父女要見面，也不過再一年的事，妳就安心去應考吧！這條水路，我常經過，等妳考過，要是父親還不回家，我再帶妳來找，我們現在早早回去，免得妳母親掛念，」又說：「他既然要妳改名爲『閨臣』，妳就順他的意思吧！」

從此，大家改喚唐小山叫唐閨臣。唐閨臣和林婉如、陰若花姊妹加緊用功；貿易船向著嶺南開回，一路順風，日子過得特別快。

這一天，貿易船經過雙面國海域，起了風暴，林之洋曾在這裡遇海盜，幸好被徐麗蓉兄妹解救，心中害怕，卻不得不靠岸躲避暴風雨。

陰若花知道了，說：「義父別擔心，到了夜晚，大家保持警覺，派水手們輪流值更巡邏，強盜大概也不敢再來騷擾。」

一整個晚上，貿易船燈火通明，巡邏的梆鈴聲不斷，顯然一夜平安。誰知到了第二天清早，風暴已平

梆鈴：古時用木或竹製成的響器。

息，貿易船正要離岸，忽然有許多小船靠攏過來，把貿易船團團圍住。槍砲聲大作，一船上被這轟隆砲聲嚇得連鳥槍也不敢施放。

一群海盜攀上了貿易船，海盜頭目走進中艙，大搖大擺坐下，左右排列了幾十個手持大刀的海盜嘍囉，個個殺氣騰騰，另一批嘍囉像老鷹抓小雞似的抓了林之洋和多九公，帶到強盜頭目面前，命令他們跪下。

林之洋朝上一看，原來又是那個被徐麗蓉的彈子打傷的大盜。他看清了林之洋，喊道：「喂，你不就是那個把我說成『俺』的傢伙嗎？你今天慘了，來人呀，把這個『俺、俺、俺』的頭，給我割下來！」

林之洋嚇得也大喊道：「大王殺我，我不怨，剮我，我也不怨，求大王在我死前，告訴我『俺』是什麼

剮：念ㄍㄨㄚˇ，從前的一種酷刑，把肉刮掉，剩下骨頭，非常殘忍。

意思，我死也瞑目。」

一群嘍囉聽他這麼一說，覺得奇怪了，報告他們大王說：「我們大概認錯人了，他連『俺』的意思也不知，不會是從前那個仇人，」又說：「在我們出發前，夫人曾有吩咐，不能亂傷人命，要不回去了，大家都有苦頭吃的！請大王明察。」

強盜頭目想了想，放過林之洋一命，又命令嘍囉們把船上年少女孩抓來讓他看看，看看有沒有去年用彈子打得他哀哀叫的「那個惡女」。閨臣、若花、婉如給帶了上來，強盜頭目仔細打量她們，發覺不是，卻說：「這三個女孩正好帶回去給夫人當丫鬟。」又把船上的所有米糧、衣箱搬個精光，跳回小船，呼嘯而去。

一船人看見三個女孩給擄走了，連米糧也半粒不

山寨：古時盜匪在山林自立為王，所圈畫的區域，即為自己的「山寨」。

剩，只能急得跺腳，也無抵抗的力量。

閨臣姊妹三人，被強盜擄上小船，明知凶多吉少，想跳海，卻被小嘍囉們團團圍住，連個縫也沒有。

山寨裡的頭目夫人，年紀不到三十，中等身材，身上穿著綢緞衣服，臉上抹得一塊紅、一塊綠，十分妖豔，身旁有個十五六歲的黑皮女孩服侍；她聽說大王又帶來三個女孩給她當丫鬟，歡歡喜喜趕出來看。

當天晚上，強盜頭目擺了一桌酒宴表示慶祝「大豐收」，山寨夫人說：「妳們四個去謝謝大王提拔，給我輪流敬酒去。」

四個人手執一壺酒，卻不敢向前。陰若花的腦子一轉，想道：「這個女盜既然叫我們倒酒，好呀！我何不趁這機會，倒得他滿滿的，讓他醉倒，然後再求女盜釋放我們？」於是向其他幾個姊妹使了眼色，大家也都會過意來。

山寨頭目看這四個如花似玉的女孩般勤的幫他倒酒，樂不可支，酒入歡腸，越喝越有精神。唐閨臣、陰若花、林婉如和黑女孩輪流上陣，他越喝，她們倒得越勤快，強盜頭目喝得前仰後翻，喝得醉眼朦朧，呆呆地看著四個女孩只管痴痴地笑！

山寨夫人問那頭目說：「看來相公是有情有意，乾脆把這四個都納爲妾，這不更好了嗎？多年來，我也沒替相公留著一兒半女，你這麼好的『種』，沒生一群兒女，實在也是一大遺憾。」

若花聽了，看著閨臣，閨臣把眼睛看著婉如，姊妹三人，嚇得面色如土，心想，這下子糟糕了，看來只有

妾：有錢人或帝王討的小老婆。

找個深井去跳，否則生不如死。

山寨夫人看強盜頭目色迷迷、醉茫茫的只管盯著四個女孩看，於是又說：「難道這麼漂亮的女孩，還不合相公的意？要是合意，您就表示一下，我來找個良辰吉日，讓大家熱鬧一下。」

強盜頭目笑咧了嘴，渾身發軟，說道：「這眞是我朝思暮想的好事呀，我只是不敢開口而已，既然夫人同意，我哪有不肯的意思！」

強盜頭目的話還沒全說完，只聽得桌上的碗盤杯盞一陣亂飛，山寨夫人一把將桌子掀翻了，雙手扠腰，殺豬一般大哭大叫：「你這個沒良心的強盜，我早知你心中有數不完的骯髒點子，還跟我假情假意的這麼多年，今天，總算給我露出眞面目來了。」

強盜頭目看見夫人發威，風雲變色，酒意全醒了，嚇得只求夫人饒恕。夫人不甘心，派來四個嘍囉手持竹棍，輪流打他二十大板！

這些嘍囉那敢打大王的屁股，高高舉起，卻輕輕落下，強盜頭目裝痛，大喊夫人饒命。山寨夫人，搶來竹棍，說：「你這個強盜，在落魄時還懂得尊重我三分，現在『生意』越作越大，連自己長個什麼樣子也忘了，不把我放在眼裡，我不打你八十大板，怎甘心消火呢！」

山寨夫人的力氣不比常人，給她這麼一下手，強盜頭目沒給打四十棍便暈過去了。

山寨夫人用腳撥了撥強盜頭目，發現他不是裝死，派人把他抬回房間去，又不禁有些心疼：「我下手太重了，沒想到他這麼不禁打，不過，要是能把他這壞毛病打掉，也是好的，」又吩咐小嘍囉們說：「你們統統給我聽著，誰要是學你們大王的樣，看我手下留不留情。這三個女孩剛搶來，她們的船隻應該還沒走，馬上給我平安送回去，這個黑女也一併送走，連她們的米糧、衣服也不要留下，免得這傢伙醒來，看見這些東西，又生邪念。你們給我聽好，誰要是在半路敢對女孩子毛手毛腳，讓我打聽到，我就要誰的頭！」

小嘍囉們連連稱「是」，以最安全、最快的速度將四個女孩護送回船；米糧和一箱衣服卻被小嘍囉們暗裡沒收了。林之洋和多九公一船人看三個女孩平安回來，又多帶一個黑皮女孩，心中歡喜不過，聽小嘍囉們警告說：「我們大王因爲這四個女孩而吃了大苦頭，等他醒來，一定會來報仇，你們快開船，否則性命難保。」

多九公趕緊掌舵，命令水手們揚起風帆，迅速離岸。

貿易船開遠了，不見海岸時，多九公才下舵房，換人掌舵，他看看眼前這黑女孩，總覺得面熟，想不起在那裡見過。黑女孩說：「我叫黎紅薇，黑齒國的人，父親早已去世，我和叔叔出海做買賣，路過這雙面國，叔叔被強盜殺害了，我才落到他們手裡，現在我舉目無親，請大家能收容我。」

多九公聽她語音，猛然想起，這黑女孩不正是去年在黑齒國的女學塾談文章，逼得他面紅耳赤的那個女孩嗎？多九公收口不敢再多問，免得她雅興一來，又要談文章，這不又慘了？

林之洋看多九公發窘，説道：「我們貿易船絕對容得妳一人，妳就和這三個落入山寨的女孩結拜爲姊妹吧，大家也有照應，我知道妳的學問好，妳們可以多多研究，將來回到中國嶺南，一齊去考個『才女』回來。」

貿易船的米糧給強盜搜刮一空，大家只得吃豆麵度日，而豆麵的存量也有限，沒兩天就給吃光了，雖説豆麵可以吃一餐耐七日飢餓，貿易船航行了八九日，大家已餓昏。離淑士國還遠，回雙面國又不可能，四處瞭望，又看不見海上有其他船隻。正在驚慌時，偏偏又颳起一陣風暴，眞要把一船人的性命都收了。

貿易船被風暴吹到一個陌生的海岸，唐閨臣推窗往外看，看見岸上走過一個道姑，手中提著一個花籃，前化緣：出家人在外募款，叫做化緣。

來化緣。水手們氣息奄奄向著岸上說：「我們已有兩天不見白米的金面了，我們正想去化緣，妳倒先來了。」

道姑忽然唱起一支歌，她唱道：

我是蓬萊百穀仙

與卿相聚不知年

因憐謫貶來滄海

願獻清腸續舊緣

唐閨臣聽了，想起去年在東口山遇見的道姑，唱的歌詞也和她的相近，於是趕緊請道姑上船來喝茶水，問她來自何方，要去向何處？

道姑說：「我從聚首山的回首洞來，一路『觀光』，要去飛昇島的極樂洞。」

唐閨臣一聽「回首洞」，想起父親在瀑布山崖上的題字，也有這麼一句「聚首還須回首憶」，又問道姑：「妳說的飛昇島在什麼地理位置？」

「無非總在心地！」

唐閨臣若有所悟，連連點頭，又說：「船上已斷糧幾天了，實在沒有食物可以奉獻給道姑，請道姑原諒。」

「小道化緣，只看有緣無緣；要是無緣，就算他米穀堆積如山，我也不化；要是有緣，即使對方缺米無糧，我籃子裡有些稻穀，也可隨緣樂助。」

閨臣探頭看看道姑的小花籃，問道：「我們船上有三十多人，妳這籃子可以布施多少人呢？」

「別小看我這提籃，它大起來可以收盡天下百穀，小的可以裝你們船上三月糧。」

布施：散發自己的財物，來救濟窮苦的人。

「這提籃既然這麼奇妙，不知我們船上的人是否與妳有緣？」

道姑說道：「今日相逢，豈能無緣，不但有緣，而且與妳們四個女孩都有宿緣，因有宿緣，所以來結良緣，續舊緣，續這舊緣，普結眾緣，結了眾緣，才能了結塵緣。」說著，將提籃往船頭一拋，又說：「可惜此稻所存不多，每人只能結得半半之緣。」水手將提籃送回給道姑，道姑便飄然離去，又回頭向閨臣說：「女菩薩千萬保重，我們後會有期，暫且失陪了。」

道姑送的米稻有一尺長，一共八粒，多九公一看，說道：「這正是『清腸稻』，吃一粒可以一整年不飢餓，現在我們船上有三十二個人，每個稻米切分成四段，每人吃一段，大約可以抵上幾十天，到時候我們也就脫困了。」

陰若花說：「難怪那道姑說『只能結得半半之緣』，原來按人數分配，每人只能吃四分之一，恰好一半之半。」

多九公和林之洋隨即派人將清腸稻拿到後面廚房，每個切分四段，煮了幾大鍋，大家吃了，精神煥發，都感念道姑救命的恩德。

第二十二回　唐小山入山尋道

貿易船繼續向著中國嶺南行駛回來，離開小蓬萊轉眼已兩個月了。陰若花擔心考期趕不趕得上，問他義父回嶺南還要幾天的航程。林之洋笑道：「要是遇上順風，從這裡到門户山需要兩三個月，但是那座門户山連走帶繞的要一百天才能通過，所以，我們至少還得半年才到得了家，要是遇上逆風，更要多上幾十天。」

唐閨臣屈指一算，說道：「既然如此，必須到明年春方才回到嶺南，我們趕不上考期了。今年八月縣考，十月郡考，明年三月就要部試，我們日夜趕路也無濟於事。」

呂氏怕甥女焦慮成病，再三安慰她：「雖然路途還遙遠，但誰知我們不會遇上大順風呢？一日走了幾日路程，讓妳們一夥姊妹都趕上，妳是個孝女，菩薩有眼，會保護和成全大家的。」

林之洋也說：「海上航行，說不準的，假使遇上大風，一天走上三五千里也常有的事。我聽妳父親說過，從前有個才子叫王勃，乘水路去省親，得了大順風相助，趕到目的地剛好重陽節，都督大宴滕王閣，王勃做了一篇『滕王閣序』，轟動海內外，無人不知。要眞是才女榜上有妳們姊妹的名字，別說這點路程，再加兩倍也不怕。」

其實，林之洋夫婦明知不能趕上考期，怕孩子們擔心，故意安慰罷了。

第二天一早，海上颳起一陣大風，這陣風朝上颳，颳得貿易船彷彿駕雲一般的飛快，船行快，海面卻無波浪，水手們看得嘖嘖稱奇，說道：「這神風助我們，可惜前面這座門户山攔住去路，除非能把船隻騰飛過山，要不然還是明年春方才能回中國嶺南。」

林之洋到舵房找多九公，多九公迎面便問道：「林兄，前面看見的這是什麼山？」

「這大嶺叫門户山，您不是挺清楚的嗎？怎麼又來問我？」

「不是我故意問，實在發現了一個奇景，」多九公說道：「當年我剛來行船，路過這裡，曾問過一個老人：這山名叫『門户』，爲何橫在海中，並沒有門户可通，要轉來拐去才能通過？老人告訴我：『從前大禹開山，曾將這座山開出一條水路，船隻可通，因爲歲月太久，給淤沙堵住了，留著『門户』之名，卻無路可通，剛才我自己暗地裡想；現在有幾位小姐要趕赴考期，要是淤沙衝開，水路暢通，這該多好。正在胡思亂想，忽然聽見濤聲如雷，那個門户居然開了！」

林之洋爬到舵房頂上，果然看見波濤滾滾，淤沙散開，船已進了山口，像快馬一般竄了進去。

林之洋奔回船艙，告訴所有人，大家笑顏逐開，林之洋對唐閨臣說：「前天我說那王勃多虧神風相助，讓他寫了滕王閣序，我現在才知道連山神也喜歡做好事，

淤沙：水不流通，所淤積的泥沙。

將來妳要是考中才女，我要好好敬它一杯。」

唐閨臣說：「穿過門戶山，路程還遠呢，能否趕上，還不一定；即使趕上，只怕我的學問淺薄，不能考中。不過，不論考不考中，要是父親不回家，將來還要舅舅帶著甥女再走一遍。」

林之洋說：「我在小蓬萊已經答應過妳，要是妳父親不回來，我一定帶妳再去小蓬萊走一趟。」

呂氏聽了說：「據我看來，妳父親已修仙道，就是不肯回來，妳又何必千山萬水去找他，難道作神仙，長生不老還不好嗎？」

「但我父親把我母親兄弟拋棄在家，我心裡感到不安；父親孤單在外，無人侍奉，我卻在家裡過快活日子，想起來更是坐立不安。」

回到嶺南家鄉後，唐閨臣的母親不見丈夫回來，一則悲傷，但見了丈夫親筆書信，信中又說不久可見面，也就略略放心。

閨臣把泣紅亭碑記拿出來給蘭音和紅蕖看，兩人也是一個字不認識，兩人問知詳細，聽說碑文金榜記了一百人名，不覺吐舌說奇怪。那隻從小蓬萊抱回來的白猿，也來看閨臣抄錄的碑記，蘭音笑說：「難道白猿也識字嗎？」

閨臣說道：「當日我在貿易船上轉抄蕉葉上的碑文時，白猿也在一旁觀看，我曾對牠說過，將來如果將碑記交給一文人做爲稗官野史，流傳海外內，這也是一件大功，不知牠聽懂我的意思沒有。」

紅蕖於是問白猿：「你能建這大功嗎？」

稗官野史：非正式的歷史。稗官是指小官，野史是指民間流傳的史實。

白猿居然把頭點了兩下，手捧碑記，縱身一跳，跳出窗外去了。唐閨臣和蘭音、紅蕖看得發楞。

唐閨臣的叔叔唐敏替準備參加考試的女孩們填寫報名表，總共十人，分別是唐閨臣、枝蘭音、林婉如、陰若花、黎紅薇、盧紫萱、廉錦楓、田鳳翾、秦小春。十位女孩用功讀書，相互研究，倒也其樂融融。

十位女孩一連參加了縣考和郡考，都順利過關，唐敏一手教導出來的蘇亞蘭、鍾繡田和花再芳也一併通過，各家都豎起「文學淑女」的匾額，眞是光耀門楣。

寒冬過後，到了第二年春天，一群文彩煥發的女孩們結伴往西京長安出發，考過部試，又參加武則天首創的殿試。

榜單開出來，不多不少整整一百名，竟又和唐閨臣

西京長安：唐朝的國都是長安，在中原衆多城市中偏西方，故叫「西京」，相對的「東京」有洛陽、開封等偏東城市。這些稱「京」的城市，都做過國都。

在小蓬萊泣紅亭內抄錄的名單一模一樣！這樣玄奇的事，沒人說得通，只有驚奇罷了。

一夥同時入榜的姊妹們，紛紛各回鄉里，唐閨臣等小弟唐小峰和紅蕖完婚，林婉如和田鳳翾的哥哥田廷結婚，一直等到第二年七月，才把要上小蓬萊尋找父親的行程決定，這期間，也有許多人來替閨臣做媒，閨臣堅持要等父親回來再作決定。

貿易船再度前往小蓬萊當天，閨臣拜辭祖先，然後對小弟小峰說了些孝親與盡本分的叮囑，特地還向弟媳紅蕖說道：「妳當年替母親報仇，奮不顧身，又能不辭辛勞，侍奉祖父晚年，本就是個孝女，我母親的未來需要妳承歡膝下，我這趟出外，全要仰仗妳多偏勞了。」閨臣跪下，向弟媳一拜，兩人淚漣漣的擁抱著話別。

上船之後，一切都很順利，抵達小蓬萊正是暮春的四月下旬，正是百花齊開的季節，唐閨臣獨自上山之後，再也不見蹤影。

林之洋的貿易船，足足在岸邊等候了四個月，直等到秋涼時候，山林蕭瑟。有一天，忽然看見一位採藥的女童從山路過來，她交給林之洋一封「唐仙姑的家書」，林之洋把信接來，正要詳問唐閨臣的近況，那個女童忽然不見，變成一個青面獠牙的夜叉，大吼一聲，對著林之洋撲打。林之洋嚇得回頭跑，大喊救命，跑回貿易船叫水手們開鎗，夜叉仍舊大吼大叫，作勢嚇唬他們，林之洋只有將船開離小蓬萊。

唐閨臣的家書，明白寫著「看破紅塵」的意思，所有人只有對著雲霧裊繞的蓬萊仙境，默默祝福了。

唐小山參加殿試入榜後，即入山尋道。

中國古典名著少年版⑨

鏡花緣

1999年2月初版　　定價：新臺幣250元

2019年11月二版

有著作權・翻印必究

Printed in Taiwan.

原著	李汝珍
改寫	李潼
叢書主編	黃惠鈴
封面設計	盧亮光
插畫者	洪義男
校對者	沙淑芬
編輯主任	陳逸華

出版者	聯經出版事業股份有限公司
地址	新北市汐止區大同路一段369號1樓
編輯部地址	新北市汐止區大同路一段369號1樓
叢書主編電話	(02)86925588轉5312
台北聯經書房	台北市新生南路三段94號
電話	(02)23620308
台中分公司	台中市北區崇德路一段198號
暨門市電話	(04)22312023
台中電子信箱	e-mail：linking2@ms42.hinet.net
郵政劃撥帳戶	第0100559-3號
郵撥電話	(02)23620308
印刷者	世和印製企業有限公司
總經銷	聯合發行股份有限公司
發行所	新北市新店區寶橋路235巷6弄6號2F
電話	(02)29178022

總編輯	胡金倫
總經理	陳芝宇
社長	羅國俊
發行人	林載爵

行政院新聞局出版事業登記證局版臺業字第0130號

本書如有缺頁，破損，倒裝請寄回台北聯經書房更換。　ISBN 978-957-08-5414-5 (平裝)

聯經網址 http://www.linkingbooks.com.tw

電子信箱 e-mail:linking@udngroup.com

國家圖書館出版品預行編目資料

鏡花緣／李汝珍原著．李潼改寫．洪義男插圖．
二版．新北市．聯經．2019.11
288面；14.8×21公分．(中國古典名著少年版；9)
ISBN 978-957-08-5414-5（平裝）
[2019年11月二版]

857.44 108016942